作家出版社建社70周年珍本文库

策划／鲍　坚　张亚丽
终审／颜　慧　王　松　胡　军　方　文
监印／扈文建
统筹／姬小琴

出 版 说 明

　　1953年，作家出版社在祖国蒸蒸日上的新气象中成立，至今谱写了70年华彩乐章。时代风起云涌间，中国文学名家力作迭出，流派异彩纷呈，取得的成绩令世人瞩目。作为中国出版事业的中坚力量，作家出版社在经典文学出版、作家队伍建设、文学风气引领等方面成就卓著，用一部部厚重扎实的作品，夯实了新中国文学的根基。为庆祝作家出版社成立70周年，向老一代经典作家致敬，向伟大的文学时代致敬，我们启动"作家出版社建社70周年珍本文库"文学工程，选取部分建社初期作家出版社首次出版的作品重装出版，彰显中国风格、中国气派和文学价值观上的人民立场，共同见证新中国文学事业的勃发和生机。相信这套文库的文学价值和社会意义，将随着时间的推移而日益显示出来。需要说明的是，由于一些原因，未能尽数收录建社初期所有重要作品，我们心存遗憾。衷心感谢中国作家协会、各位作家及作家亲属给予本文库的大力支持。

作家出版社

内容简介：

散文大家秦牧代表作，共38篇。全书洋溢着作者热情真挚的声音。不论说理也好，叙事也好，论辩也好，写景也好，作者的笔端都时常蕴藉着丰富的感情。用他自己的话来说，就是要把读者引进"一种感情微醺的境界"，"一种像喝了酒似的如醉如痴的境界"。《社稷坛抒情》足以使我们"发思古之幽情"，从而缅怀民族文化传统的伟大，深感祖国统一的可贵；《在遥远的海岸上》极力鼓舞着我们的爱国主义热情，给这种强烈的感情"打开一个很自然的喷火口"。文风自然质朴，表情达意真挚动人，充满着对祖国对人民的深厚情感。

秦牧
（1919—1992）

原名林觉夫，原籍广东澄海，生于香港。抗战爆发，即回内地投身救亡运动。抗战后期，参加民主革命斗争。1949年后历任广东省作协副主席、《羊城晚报》副总编辑、中国作协理事、广东省文联执行主席。著有长篇小说《愤怒的海》，中篇小说《黄金海岸》，散文集《贝壳集》《长河浪花集》，儿童文学《秦牧儿童文学全集》等。

作家出版社 首版封面

《贝壳集》

秦牧 著
作家出版社1958年1月

贝壳集

秦牧 著

作家出版社

图书在版编目（CIP）数据

贝壳集 / 秦牧著. --北京：作家出版社，2023.10
（作家出版社建社 70 周年珍本文库）
ISBN 978-7-5212-2459-7

Ⅰ.①贝… Ⅱ.①秦… Ⅲ.①散文集–中国–当代 Ⅳ.①I267

中国国家版本馆 CIP 数据核字（2023）第 156724 号

贝壳集

策　　划：	鲍　坚　张亚丽
统　　筹：	姬小琴
作　　者：	秦　牧
责任编辑：	姬小琴
装帧设计：	棱角视觉
出版发行：	作家出版社有限公司
社　　址：	北京农展馆南里 10 号　　邮　编：100125
电话传真：	86-10-65067186（发行中心及邮购部）
	86-10-65004079（总编室）

E-mail: zuojia@zuojia.net.cn
http://www.zuojiachubanshe.com

印　　刷：	北京盛通印刷股份有限公司
成品尺寸：	142×210
字　　数：	109 千
印　　张：	4.875
版　　次：	2023 年 10 月第 1 版
印　　次：	2023 年 10 月第 1 次印刷
ISBN	978-7-5212-2459-7
定　　价：	68.00 元

作家版图书，版权所有，侵权必究。
作家版图书，印装错误可随时退换。

目录

不朽 / 001

复杂 / 004

鱼兽的命运 / 009

谈北京药材铺 / 013

运动国手的启示 / 017

王影娘 / 021

《增广贤文》与《处世哲学》 / 024

塔的崩溃 / 027

种子 / 030

中国人与龙 / 033

社稷坛抒情 / 037

在遥远的海岸上 / 044

原始公社的影子 / 049

吃蛇 / 055

彩雀鱼的世界 / 059

南国花市 / 062

思想战场备忘录 / 066

智慧的父亲 / 070

献身真理的严肃精神 / 074

温室的法则 / 081

民族统一语的热爱 / 084

谈礼节 / 087

闭上一只眼睛的猫头鹰 / 094

蝴蝶 / 098

病家 / 102

论威风 / 105

小事情与大悲剧 / 108

人和鞋子 / 114

谈俑 / 116

阴谋家串演的丑角 / 120

拳头海岸 / 124

椰梅 / 127

背诵的复活 / 131

煮海、移山的神话 / 134

谈鬼 / 137

精练 / 140

真挚的声音 / 143

宣扬友爱的民族传说 / 147

后记 / 151

不　朽

"不朽"一词，里面含有庄严肃穆的意义。它绝不是泛泛的形容词。在这个大变革的时代，确有许多人是真真正正永垂不朽的。

不能以庸俗的眼光来看待"不朽"一词。

集体主义者追求的不朽，和个人主义者心目中的"不朽"是完全不同的。

从古墓的发掘中，从历史的记载中，以至从现实生活的某些角落中，我们都可以看到某些个人主义者的可笑的不朽观。有的人觉得唯有长生不老才是不朽，但不死药是没有的，中国历史上就有好几个皇帝乱吃不老药吃到提早送了老命。长生不死既不可得，于是许多人就在留下的坟墓上面来做功夫。有生前就经营自己的墓穴的，有把棺材漆上几十道的，有穿寿衣穿十多重的，有口里含着珍珠、屁眼塞着玉石希望尸身不腐烂的，有选办楠木棺材找亢爽高地下葬的。然后，把自己的名字刻到石上，以为这就可以使自己"不朽"了。

然而时间的潮水使这一切都朽个干净。

两三千年的古墓掘开来，无论当时的墓堂怎样坚固，尸骨、棺木都朽个精光，一点痕迹都见不到了。其实，时间的潮水不但会吃掉牙齿、头发、骸骨，就是连石头、金属也禁不住时间的侵蚀而变化、消亡。就说骨头之类还存在吧，又算什么不朽呢？古代埃及留下来的木乃伊，已经历时几千年了，难道现在的人们在参观"木乃伊"的时候会觉得那是值得尊崇的"不朽者"吗？难道说一只腊鸭比一只清炖鸭子多存在几天，就是腊鸭的不朽吗？当人们怀着幽默在观赏几千年前的木乃伊的时候，如果木乃伊有知，我想它倒应该赶快希望火来烧掉自己，细菌来蛀掉自己的吧。

有另一些个人主义者也知道留下把骨头算不得不朽，于是他们转而想到"大丈夫不能流芳百世，亦当遗臭万年"。怀着这种念头的人结果当然走上遗臭的道路。这些人，以为在史书中只要有他的一个姓名存在，他就不朽了。可笑啊！当我们读历史的时候，读到那些卖国者的故事，那些奴颜婢膝者的故事，那些穷凶极恶者的故事时，我们所涌起的是一种怎样的感情啊！每个人记忆里对于老鼠、毛虫都曾经留下深刻的印象，难道这就是老鼠、毛虫的不朽吗？在医书上，留下许多有名有姓的人的病例，有的长着巨大的瘰疬，有的发育成为白痴，有的因缺乏某种内分泌而长成畸形的人；难道因为医学史上留下他们的名字，就是这些瘰疬病者、白痴、畸形人的不朽吗？如果这样，一颗石头、一块煤，都要比人更"不朽"了。化石里面，一只三叶虫、一条硬鳞鱼，都要比我们所有的先人更"不朽"了。不朽的定义哪能变成这个样子！

人类社会中真正的不朽，应该是那些以他们的力量，贡献给人民事业的人；千百代的人都要踏着他们的脚迹前进，千百代的人都要沐浴着他们的光辉。这样的人,不需要坟墓,不需要碑石,老实说,甚至不需要留下传记,留下名字,然而他们是不朽的。因为,在他们死亡之后,他们努力的方向,仍将有亿万的人接踵而来;他们用血汗灌溉着的事业,仍将有无数的人继续把它发扬光大。当我们站在无名英雄纪念碑下的时候,我们怎能不衷心地纪念这一切先驱的人们!

当然也有留下响亮名字的人,他们实际上是一切不朽的人的代表者。这些人生前并不追求自己死后的什么,然而他们不朽了。真正的不朽者,虽然也有人具有巨大的陵墓,躺着水晶的棺材,然而这都是别人代他们办理的,他们本人生前根本对这些事情从不考虑。

现在的人们普遍在纪念着黄继光、刘胡兰、马特洛索夫、丹孃……甚至有许多学校的班次就以他们的名字命名;有的人的名字就叫做丹孃。那个本名卓娅的丹孃为纪念前一代一个革命志士索罗马哈·丹孃而取名丹孃,她光荣牺牲之后又有许多"丹孃"出现,从这事情上,使我们深深体味到不朽的意义。

一个人死后,他生前所有过的崇高的思想和纯洁的感情将重现在千万人心中,他的恩泽荫庇着千万代的人,人们知道他的名字、传记也好,不知道也好,但一想到这类先人的时候,心头就充满感念的情绪,这才是人类真正的不朽。

我们崇敬历史上一切有名字没名字的不朽者,他们的坟墓筑在人类心中,他们的音容笑貌越来越体现在更多的人身上,因而他们是真正的不朽者。

1954 年

复　杂

　　世界上各种各样的事物是十分复杂的。我常常这样想：我们通常所说的对事物认识的深刻性，恐怕指的就是掌握事物的复杂性。

　　事物的复杂性，这个大千世界提供我们无数有趣的、发人深思的事例。

　　人们都知道：极地是很冷的，赤道是很热的。但是旅行家告诉我们，在冰天雪地的南极，却也有一些热气腾腾的温泉，人们可以赤身跳下去游泳。在火热般的赤道地区，却有些山峰顶上白雪皑皑，在非洲和印度尼西亚，就都有这样的山峰。

　　在天气晴明、月暗星耀的夜里，我们看到一颗颗的明星十分清楚。我们以为那些星一颗就是一颗，但是天文学家告诉我们，用巨大的望远镜一望，有些星就现出了原形，原来那是两颗合成的，因为两颗星靠得近，我们的肉眼就模模糊糊把它认做一颗了。天鹰座（牛郎星所在的星座）里就有这样的星。甚至还有些这样的星，用更大的望远镜一望，又从两颗变成了四颗，原来那是四颗合成的。

我们都知道：植物在沙漠里难以生长，但是植物学家告诉我们，有一种梭梭树，它的树籽落到沙漠里几小时，就能够发芽。我们都知道，大泽水国，总有鱼类生长，但是在欧洲的死海，鱼却完全不能生存。

一般的哺乳动物，都是胎生的，但是哺乳的鸭嘴兽，却偏偏是卵生。一般的爬行动物，都是卵生的，但是北极圈和某些生长在高山上的蜥蜴，却又偏偏是胎生的。我们通常的观念，认为萤火虫总是会发光的，蜂总是有刺的，甲虫总是有翅膀的。但是事实上某些种类的萤火虫是不能放光的，非洲原产的蜜蜂是无刺的，非洲马德拉岛上的甲虫，北极圈里的苍蝇是没有翅膀的。

我们通常都认为狮、虎是凶恶的，鹿、牛是驯良的。但是从未吃过人的狮虎，有些初次见到人时却惊骇奔避。而在特殊情况下，驯良的鹿和牛却可以变得凶恶异常。猎人把受伤的鹿赶入绝路，被鹿反身撞死；牧童把发情的公牛拉住不放，不让它去接近雌牛，结果公牛野性大发，竟把牧童踩死。这一类事情在我们这个世界上是曾经发生过的。

香和臭，甜和苦，表面看起来是对立的性质，然而它们却是可以统一的。阿拉伯人制造的最香的香水膏，初闻时是臭的，开了水之后才发出浓香。我们通常用的糖精，比普通糖甜五百倍，然而在未加水以前，直接放到舌头上，那味道却是苦的。

通常我们认为最毒的蛇毒，像眼镜蛇的毒液，一公分干粉可以杀死一万只以上的兔子。然而良医加以提炼，却可以使它成为妙药。通常作为我们家常便饭的马铃薯，在它发芽的时候，吃了却可以使人中毒。

人体的反应也有许多这样的例子。一般人都吃的虾、蚧、咖啡，某些患过敏症的人，吃了却会有发病的感觉。相反的有些对一般人是有害的食物，某种人吃了却安然无事。有一种安眠药一般人吃六颗就要致命。然而服惯了安眠药，吃四颗才能入睡的失眠大王，吃六颗却依然可以生还。

这一切的事情都告诉我们：世界万事万物是极其复杂的。大而至于"宏观世界"，小而入于"微观世界"，越深刻的研究就会发现其中越多的复杂性。人类现在已经踏入原子能时代了，然而却还未能说是已经认识一颗原子内部的全部秘密。我们还可以想想这样一件有趣的事情：全世界有二十五六亿的人口，每个人的脸孔都是不同的，每个人的指纹也都是不同的。而且这种不同不仅存在于今日生存的全部人类之间，已死的全部人类和未生的千载万代的人类，面貌也是千殊万异的。这该是多么复杂的事情！生物家们告诉我们，蚊子有一千七百多种，蝗虫有两千多种。在世界一百万种以上的动物中，节肢动物只是其中的一系，昆虫又是这一系中的一支，蚊子和蝗虫又各各是这一支中的一派。这一派又各各有这样不同的品种。这说明万事万物的同中有异、异中有同，这同中又再有异……从矛盾中反复辨认，高度掌握它的复杂性之后才能获得精确的了解。

中国古代圣人说的事物"毕同毕异""相反相成"的话，是很有辩证色彩的。"毕同"，表示事物有它的一般性，"毕异"，表示事物在一般性中又各有其特殊性。"相反"，表示事物的矛盾，"相成"，又表示矛盾的统一。老聃讲了许多"大道不肖""大智若愚""大巧若拙""大辩若讷"之类的说话，揭示了事物的矛盾统一性。法国福禄贝尔说："世界上没有两粒相同的沙子，没有两只相同的苍蝇，没有两个一样的手掌，没有两个一样的鼻子。"这不仅是文学描写,也可以说是认识论上的格言。事物的这种复杂性,历代的深入实际、严肃思想的人们都多少地接触到。因此也就留下了许多类似上面列举的格言。自然只有当历史条件成熟的时候,才出现了最全面最科学的马克思主义的唯物辩证法。列宁说:"辩证法本来就是研究事物本身的矛盾的……"离开了掌握事物本身的矛盾,忽视了事物的复杂性,也就根本地离开了辩证法。

世界上的事物是这样地复杂,为这种大千现象所震惊,以为这里面没有什么一般性规律可循,就会跌入不可知论的陷阱。相反地,虽然学习和懂得了一般真理,却不能掌握具体事物的特殊性的时候,就又会跌入教条主义的泥潭。连一般性都不能掌握的人,固然要碰得头破血流,只懂得一般性而不懂得特殊性的人,也不见得幸运多少。一个树林里有一千株松树和三株杏树,我们说"这基本上是个松树林",是没有错的。然而死守住这样的认识,跑进树林里盲目抱住一株杏树,嚷着"这基本上是株松树",所犯的错误就不是百分之几而是百分之百了。

世界上的事物原本已经够复杂了。由于它们彼此间的互相影响、作用、变化、推移,又更加增加它的复杂性。简单化看事物的人是最不幸的。常常在碰壁之后,只有眨眼睛和嚷着"没想到,没到想"的份儿。同样一批种子,对于某类土壤是良种,对于另一类的土壤却是劣种。同样一种工作方法,对于张三异常灵验,对于李四却完全无效。一个人要不碰壁或少碰壁,就一定非去掌握事物的复杂性不可。

事物的这种复杂性,启示我们:"实事求是""因时制宜""因地制宜""一把钥匙一把锁"这些格言是如何地珍贵。这真是金子一样的格言，接受先哲的这些教训（这是他们用汗和血换来的），我们将一生受用不尽。

事物的这种复杂性，启示我们：为什么绝对化、简单化、片面性、表面性的认识，是经不起考验的。教条主义和经验主义总是要碰壁的。它也告诉我们，为什么骄傲是要失败的。因为骄傲者自以为是，不肯虚心倾听各种意见和细心观察一切事物，他自己已经堵塞了智慧之门。堵塞了这座门，任何聪明人都会变成愚蠢。

事物的这种复杂性，也启示我们：为什么百家争鸣是发展科学的方针。人们已知的事物自然很多，未知的事物也还有无限。如果大家畅所欲言地把所见所闻所实验所思考的东西都说出来，彼此互相攻错，真理就可以在淬炼中更加放射光辉，错误的认识在某些角落里的统治才难以延长寿命。从这种最积极的意义上来体会"百花齐放、百家争鸣"的方针，就不会整天忧心忡忡地去顾虑可能出现一两株毒草的问题了。

承认事物的复杂性，相信万事万物都有内在矛盾，这样一来，我们的脑子的负荷也许要沉重些（脑子接受绝对化的概念，负荷自然要轻松得多），工作也许要繁难些。然而这样一来，我们每个人脚底下的道路，走起来却要宽广和平坦得多了。

1957 年

鱼兽的命运

有人说："钓鱼可以锻炼性格"。这或许也有一些道理吧！看渔翁像一座石像似的模样儿，你会想到钓鱼那玩意对于锻炼一个人的耐性、机警也许真有点作用。

从钓鱼使我想到打猎。我们如果有时能够清清脑子，代鱼儿、野兽总结一下它们落网和被擒的经验，对于改进我们的思想方法，也许不无好处。

在渔村里我曾经见过渔人们在刻造木头鲳鱼，一问，原来是用来引活鲳鱼的。把一条上了漆的闪闪发亮的假鲳鱼坠下海去，就常有成群的活鲳鱼跟着来了。盲从往往使这些深水里的鱼儿变成了人家盘里的肴馔。

乌贼是在大雾的时候自己浮到海面上来的，在平时不容易捉到。但有些渔人掌握了乌贼的生活规律，也尽有在好天捕捉它们的方法。那就是准备一条活的雌乌贼，用小绳子缚住它的后缘，把它坠到海里去，这样，就有雄乌贼冒冒失失地来追逐了，甚至还有其他的雄乌贼妒忌，要来打架了。这可好，渔人把细线慢慢地向海面上收，准备好捞网，就可以把那些沉醉在爱情和妒忌中，完全不理会客观情况的雄乌贼捞起来了。

打猎也和捕鱼的道理有许多类似的地方。有些猎人捕猎黑熊，往往在它冬眠的洞口埋藏了利刃，等到黑熊出洞，设法拉起利刃，黑熊见不到人，腹下却异常疼痛，凭它的蛮劲一直向前冲，这样，猎人正好利用它自己的勇力剖开了它的肚皮。

苏联一些猎人作家写的故事也同样使我们感到意味深长。苏联有一些最勇猛的制熊者，碰到大熊而且见到它直立起来的时候，往往把一顶帽子或者什么不相干的东西丢给它。熊是一定要接过来看看的，就在它接过东西来端详的一瞬间，制熊者的猎刀已经插进了它的肚腹了。还有猎狼，那情况更加微妙了。狼是最会猜疑的，这猜疑有时偏偏成为它的弱点。苏联有一种"小红旗猎狼法"。在发现狼群的区域，猎人先不忙着开枪，而是用大串缀上小红旗的绳子沿着树林把那个区域围了起来。然后猎人在红旗圈的范围内搜查狼踪，一头一头地打。狼本来只要走出那个红旗包围圈，就可以安然逃命的。但是它们偏不，它们猜疑，以为这个红旗圈有什么玄妙的把戏，决不肯蹿过去。这样，猎人就可以把全部的狼搜捕净尽，没有一头狼能够逃生。自作聪明的狼群至死也不知道那个红旗圈对它们原是绝对无害的。

像这样的故事是很多很多的。那些鲳鱼啦，乌贼啦，熊啦，狼啦，种种的水族兽类，它们所以落网，所以丧生，是它们无法了解客观的真实情况。因此，它们的癖性、爱情、勇猛、猜疑……这一切东西都把它们推上死亡的陷阱。

不了解客观情况，对于它们的生命来说，那祸害就是这样地严重。

也许有人会觉得好笑，难道这些动物还懂得什么主观认识和客观实际那一套东西么?自然,根本没有脑子的乌贼,头壳里仅有一个水肿物似的小脑球的鲳鱼,虽然有较像样的脑子,然而那"脑沟"和"脑回"都很简单的熊和狼,是谈不上什么去真正研究客观实际的。

但是,人,却尽可以从它们落网被捕的经验中,代它们得出这样一个结论:凡是不能认识客观实际,乱碰乱撞就要倒霉。

其实何止动物们不认识客观实际要倒霉,人在同样情形下又何尝不倒霉呢?有些猎人不是捉到猛兽,而是给猛兽吃掉,当他们不能掌握猛兽的性格和特征,使用不适当的行猎方法和挖了不合格的陷阱的时候,有时被猎掉吃掉的就不是野兽而是猎人自己了。因为在这种场合,猎人比野兽掌握客观实际的情况更差,因此,倒霉者的角色就不是由野兽而是由人来担当了。

人的脑子自然是顶呱呱的,这一千多公分重、"沟回"错综、有着机巧到难以形容的大脑皮质的脑子,它出现在我们脑壳里真不是简单的事情呀。这是几十万年人类劳动的成果,是我们几千代、几万代的祖先一代代遗传给我们的。但一个人假如不多学习,多思想,实事求是地研究周围的一切,使自己的认识尽量和客观事物的实际相一致,有了这样的脑子也是徒然。鲳鱼和乌贼的悲剧,熊和狼的悲剧,也一样会来临到我们头上。而且何止是这样的悲剧而已!鱼兽们不能正确地认识客观事物的实际,充其量不过祸及一身。因为它们不会拟计划,定制度,立章程,搞运动。而人却是会搞这一套的,如果他所根据和掌握的不是事物的客观规律,而是主观一套,那他就正像旧时代的讣文所写的:"侍奉无状,不自陨灭,祸延……"延给谁呢?当然是群众了。

讲来讲去,有一种我们很容易从娘胎里带到坟墓去的东西,

现在到处在反它,而它的潜势力仍然异常惊人,是非切切实实来反不可的。它的丑恶的名字就叫做:

"主观主义!"

1957年

谈北京药材铺

每一个人第一次到北京,心里总有一张观光节目单。除了全国景仰、举世闻名的天安门、中南海、故宫博物院、西郊新建筑等等之外,人们还有各自渴望看到的地方,有人准备到八达岭骑骆驼,有人想到卢沟桥摸狮子,有人要尝尝涮羊肉和烤鸭,有人决不会忽略东安市场和天桥……至于我,第一次到北京的时候,我的节目单里也有一个小小的节目,那就是:带便看一看北京的药材铺。

北京的药材铺,真是"提起此马来头大"。近六十年来中国考古界两项震惊世界的发现——殷墟甲骨文的发现和周口店"北京人"化石的发现,都是和北京的药材铺发生极密切的关系的。

一八九九年,清廷的国子监祭酒王懿荣因为患疟疾,在北京同仁堂药铺里买了一剂药,里面杂有所谓"龙骨"。王懿荣从这些古色斑斓的甲骨上发现了殷代文字,于是引起许多考古家闻风追踪,从药材铺追到药栏,从药栏追到行商,最后一直追到河南安阳小屯村去,终于在那里发现了殷墟,陆续找到了十六万多片甲骨，研究出不少三千多年前的文字，弄清了许多殷代历史的线索。

一九二九年我国科学家在房山周口店发掘出"北京人"的头盖骨，这五十万年前的古代人类的遗骨的发现，使得世界各地发掘出来的人类老祖宗的骨头逐渐可以排成一个完整的行列，因此成为震动世界的大事。"北京人"的发现虽然在二十年代末，然而它发现的线索却应该上推许多年。因为在发掘之前二十余年，已经有人在北京药材铺里的一大堆"龙骨"中，发现了一枚显然不是属于野兽的牙齿，这齿被人称做"中国牙齿"，并被劫夺到国外去了。正是由于这一回事引起人们的注意，才有以后"北京人"化石的系统的发现。追溯源头，北京的药材铺仍然串演了一个重要的角色。

"龙骨，龙骨！"十九世纪末和二十世纪初中国考古学界的两项具有世界意义的巨大发现都和它发生关系。最近发现的"广西巨猿"的牙齿也是从研究"龙骨"开始的。假的龙骨倒的确是中国的真正的宝物。而兼收并蓄的药材铺，尤其是琳琅满目、货式繁多的北京药材铺，在中国文化史上竟连带发挥了博物馆的作用。

因此我上北京时就一心要观光这些街头博物馆了。北京的药材铺，气派真是不同寻常，它不像小地方的中药铺似的，把白花蛇、蜈蚣干、海马、海龙都一股脑儿摆在门面玻璃柜里给人看。它气魄大，招牌大，药物却大都不摆出来。柜面上的配药人员有一种慢条斯理从容不迫的风度。我也曾经进去向他们请教一些药物的规格和价钱。几乎每一种药材他们都可以讲出很多的品种来。单是一样参，他们就可以讲得天花乱坠。你多看几家北京药材铺，就会发现：铺里那种人力充足、配药时从容不迫的气派，几乎是所有药材铺所共有的。

这种气派，和其他的商店那种忙迫的情形截然不同，而且形成一种强烈的对照。看后仔细想想，觉得这种"药材铺情调"的形成，大概很有它的历史渊源。配药谨慎与否，事关人命，怎能够"急急如律令"那么地搞？一定得从容不迫，才能够做到不出差错。食品铺、杂货铺之类，紧张忙迫一些没有关系，而且，有些饮食馆还唯恐其没有紧张气氛，有时还要大放收音机，厨子还故意把镬子弄得笃笃地响，伙计还要大声念回锅肉、醋熘鱼等菜名。别人不知怎样，我路过这些饮食馆时就常常被镬子声、报菜声吸引到难以自制地跑了进去。但药材铺就不同了，假如药材铺也是收音机大唱特唱，店员们表现得十分忙迫紧张，就不能给人一种安全感，因为谁知道他们会不会在这种忙迫气氛中配错了药呢？

所以，北京药材铺的那种风度是其来有自的。我曾经见过一批清代的药方，开药的医生在每张药方上面总是先写上"小姐""老太""小少爷"之类的字眼，然后分析病情，然后才开药。这种做法，和药材铺那种悠闲不迫的情调有其共同的原因。这就是：充分表现了细心、谨慎，使病人家属，使买药者都获得了安全感。

我想这些北京药材铺，对搞文化工作的人，恐怕很有点启示作用。它们的人员从容不迫，因此能够少出或不出差错。我们有若干的文化教育卫生团体，像学校、书刊编辑部、医院之类，内部常常忙乱得像一锅滚水似的，工作人员也大有公共汽车售票员、饮食馆厨子那种跳上跳下，转来转去，满头大汗的模样。限于历史条件，在某一时期内出现这种忙乱状况是很易了解的事，但如果一年两年……长期都是这样子，那就真教人捏两把汗！我不相信在忙乱的状况中可以生长思想家，可以有计划地编出好读物，可以使医疗不生事故！在这方面，北京药材铺，这些曾经对中国的文化事业有过巨大贡献的地方，恐怕仍大有值得我们学习之处吧！

1957 年

运动国手的启示

最近，全国排球甲级队联赛在广州举行。联赛开始的时候，新华社发过一则有趣的电讯，报道参加联赛的各队队员，台山籍的占三分之一以上。在参加联赛的十二个男子队中，有十个队都有台山籍的运动员。在一百四十四名男子球员中，台山籍的运动员就占了五十九名。如果我们从比赛的结果来对照这则电讯，就可以发现更加有趣的事情。夺得冠军的八一男子排球队，十二个队员中，台山县的有十人。得到亚军的北京市男子排球队，十二个队员中，也有八个是台山县人。

这情形绝不是偶然的。正像那则电讯所叙述的，台山县目前有一千八百多个排球队和一千六百多个排球场。正因为排球运动的风气这样蓬勃，所以能够培育出这样多的国手。如果我们到广东的这个县去走一遭，是可以到处看到多得异常的排球场的。不久以前，那里少年人组织的一队排球队，甚至还击败了一队远征到那里的成年人的排球队。

这一类的情形，在其他的体育部门中也存在。例如在全国的自行车竞赛中，优胜者有好些都是广东澄海县人。原因就是这个县自行车运货载人的活动很普遍,锻炼了不少健儿的缘故。还有一些家庭是"体育家庭",整个家庭里面都是体育名手。例如全国乒乓球冠军王传耀的一家就是这样。他的父亲打了几十年乒乓球,他的妻子、弟弟分别是北京、上海学生乒乓球冠军。类似这样的家庭是不少的,正像同样有许多的"美术家庭""音乐家庭"的道理一样。

这一类的事情,说明了一个十分浅显,但却常常为人们所忽略的道理:人都是靠培养和努力而获得才能的。人有许许多多的潜力,只要发挥出来,就变得有本领了。

并不是台山的人特别有打排球的天才,也不是澄海的人特别有踏自行车的天才;而是由于那里的培养条件充足,体育空气蓬勃,因此,就培养出许许多多的名手来了。同样的道理,那些"体育家庭""美术家庭""音乐家庭"什么的,不外是由于子弟们陶冶于家长们所造成的某一种学习气氛中,因此,就锻炼和增长了某种才干了。

这道理本来简单得很,但由于过去资产阶级的"智力测验""天分论"的影响,好些人仍然不能够真正地掌握它。遇到具有某种才能的人,经常会想到"天才"上面去。这样的想头,对于一般人来说,是妨碍了自己的潜力的发挥;对于那些具有某种才能的人来说,常常容易因而滋长一种莫名其妙的骄傲情绪。在受到环境和群众的培养之后,反过来"狗咬吕洞宾",骄傲地蔑视培养他的环境和群众。无论是属于哪一种行为,都是十分可惜甚至可笑的事情。

在客观培养和主观努力下,人就能够显示出才干。这种道理在历史变革的年代显示得格外清楚。元末的农民暴动,淮河流域涌现了不知多少的英雄。清代的太平天国革命,广西一省又不知涌现了多少的英雄。在中国当代的革命事业中，各地涌现的英雄就多得更不待说了。这种事例不也很好地说明：有许多外表看似平凡的人物，也许他一字不识，也许五里外都没有人知道他；在他默默地锄田和搓着麻绳的时候，有谁想到在革命风暴到来的时候，这里面就有许许多多的徐达、常遇春、杨秀清、李秀成呢。然而客观的事实却的确如此。

　　从这个道理想开去，我们可以觉察：原来每个人都有许多的潜力，平时都没有好好发挥，甚至有不少人原封不动地把这种潜力带到坟墓里面去。在用头顶物的地方，妇女们能够用头顶一百几十斤重的东西。在杂技团里，演员们能够用手代替双脚走路。双手残废的人，有的练习到能用脚来写字和运用打字机。在战争的年代里，不少司机借着星光就能开动汽车……我们平时并不需要提倡用头顶物，用手走路，用脚写字，借星光开汽车……然而这些事情不也告诉我们一个道理么：头、手、脚、眼睛……如果我们加以锻炼，原来它们竟还有这么多的神奇的力量呢。我们人类中还有许多人不会驾驶机器脚踏车和不敢走过独木桥，然而在马戏班里，笨拙的狗熊却居然会驾驶机器脚踏车和合于节拍地跳舞了。这种表演不也怪带讽刺意味地告诉了我们这点道理么！

　　前人形容写文章的人未曾充分发挥才能，说过这样的话："千古文章未尽才"。这句话其实可以移赠给许许多多各种各样的人。那些呕尽心血，充分发挥才智而死的人，也许在人类中占的数量很小。倒是有相当多的人，好好的手，好好的脑子，都没有充分去发挥它的潜力。那些本着毅力，读完了百科全书的人，或者从一字不识，靠自学变成专家的人，不断苦练，成为运动国手的人，牧童出身的人民军事家，一年做两三年工作定额的劳动模范……他们是比较地发挥了生命的潜力的。但一想到我们中有许多人是"拿着个金饭碗讨饭吃"的生命潜力的浪费者，却真是令人"惊呼热中肠"的一回事。

从一些运动国手的籍贯使我零碎地想起这些事情。我想，这道理也许对我们克服一种病态情绪不无好处，这种深受历史影响，现在还颇流行的害人害己的病态情绪就是：骄傲与自卑。

1957 年

王影娘

最近在南洋各地的华侨报纸上，在北京出版的《侨务报》上，都热烈登载着华侨小姑娘王影娘舍身救人的事迹。王影娘已经被赞誉为印度尼西亚华侨中的罗盛教了。

事情发生在去年年底雅加达附近的姻缘河边。十四岁的华侨小姑娘王影娘和印度尼西亚妇女阿伊乌一同在河边洗衣。阿伊乌不慎失足陷入深水中，王影娘不顾一切，跃下水去拯救她，阿伊乌因而保全了性命，但王影娘却一沉不起了。这事情震动了当地的广大群众。许多印度尼西亚文的报纸都登载了这激动人心的消息。广大华侨纷纷写信和汇款慰问王影娘的家属，人们正在建议成立统一筹款机构来修建王影娘墓和照顾她的家属生活，姻缘河边准备建立纪念亭，华侨美术工作者还准备为王影娘绘一幅油画挂到亭里……

一个十四岁的姑娘的壮烈牺牲引起人们这样巨大的震动，我们可以想见：华侨和当地人民友好的思想，国际主义的思想，在祖国的感召和呼唤下，正在怎样一步步地深入人心。

王影娘用她舍己为人的精神，用她的性命，向人们证明了：

良善的中国人民是怀着怎样友爱的态度来对待自己的国际朋友的。

每一个在国外侨居过的人，都可以举出无数的事例，来说明国际间人民的友谊。就是在帝国主义者的不断挑拨下，这些友谊的花朵仍然灿烂地在开放。在南洋，常常有马来人、印度人、中国人同住在一幢楼房里，互相友爱地过着日子。几种国籍的孩子，一同在亲密地游戏，更是司空见惯的事情。许许多多的婚姻关系，更把各国人民结成了亲戚。一个中国人民，有一个马来岳父；一个缅甸人民，有一个中国姑母，是一点也不稀奇的事。良善纯洁的人民，对于国际主义的道理，是一说即通的。甚至在他们未曾系统地接触这种崇高的思想之前，他们的行为即已经常和国际主义的精神若合符节。因为良善的人民，从自己切身的生活体验中，很自然地了解到国际的人民与人民之间，互相友爱就会一同享到幸福，互相仇视就会受到磨难。在胼手胝足的劳动者之间，他们有什么理由互相仇恨呢！王影娘的崇高行为，正说明了这种素朴的国际友爱精神，是怎样强烈地回荡在她良善的胸怀里面。无产阶级国际主义思想之所以伟大崇高，就在于它科学和系统地总结了国际人民间的正确关系，把这种友爱提高到原则和理论的高度。有了这样的思想武装，就不怕一切挑拨者散布的国家主义、民族主义的迷雾了，就不会震惊于一切历史残余下来的落后现象了。这么一种国际人民间的新关系和新感情，值得人们以大地为纸、海水为墨来歌颂它。试想想：北半球的人民和南半球的人民能够在精神上息息相通，北极圈里的人民能够和赤道线上的人民互相友爱，这该是多么理想和可赞美的一回事！如果说男女之间的爱情是一滴水，那么这种国际人民之间的爱情应该说像一个海洋。如果说朋友之间的友爱像是一点星火，那么这种国际主义的友爱就像太阳的强光。那些不相信人类间可以逐渐建立这种友爱的人，不过像是习惯于暗室的人，见到阳光时反而睁不开眼睛；或者像是长久住在海底的动物，一上升到海面却反而不习惯于正常的气压罢了。

王影娘，一个小小的姑娘以她光辉的行为教育了广大的人，不止值得华侨，也值得国内广大的人民来共同纪念她。

1957 年

《增广贤文》与《处世哲学》

在那些卖《千字文》《百家姓》之类书籍的旧书摊上，有时会出现这本薄薄的小书：《增广贤文》，别看这本书寒酸，它在旧中国曾经有过巨大的势力。

在另外一些角落，譬如说卖《泰山夺宝记》《福尔摩斯侦探故事》那类书籍的铺子里吧，我们又可以看到另外一本书：《处世哲学》（或者叫做《处世教育》《成功哲学》之类）。这是一本庸俗的坏书，但却曾经在旧中国腐蚀了不少的人，并且直到今天，也仍然支配着整个资本主义世界和许多小市民的思想。

这是两本讲"处世道理"的书。旧社会的处世书籍，讲的无非是怎样去适应社会秩序。它们也或者零零碎碎讲了些世道艰难的话，但并不是去分析人们的痛苦产生的根源，作出根本改变社会制度的结论，而是在适应旧社会秩序的前提下，讲些怎样做人，怎样"保生全身"、安稳过日的道理。不用说，那一套处世方法，当然是切合反动统治阶级需要的了。因此，不管这些写书的是什么人，是落魄文人也好，是什么穷小子也好，他们的书实际上都成为维护反动统治的思想的鸦片。

"统治阶级的思想,往往是统治思想"。因此,在旧社会里,这类讲处世道理,教人安分守己适应秩序的书,那里面的思想,甚至也影响并支配了好些劳动人民。在旧中国,我们到处看到它的势力,这种封建主义和资本主义的"处世方法",是到了解放后才大大地受到打击和削弱的。

《增广贤文》据说是明清间一个入狱的读书人撷拾市井流行的处世格言写成的。它的最大的特色就是劝人安分守己、忍让苟活。像"各人自扫门前雪,莫管他人瓦上霜""闲事莫管,无事早归""今朝学得乌龟法,得缩头时且缩头""知足常足,终身不辱,知止常止,终身不耻"之类的句子,就是里面的最"精华"的东西了。其他像"积谷防饥,养儿防老""逢人且说三分话,未可全抛一片心""人无横财不富,马无夜草不肥"等,也处处使我们看到旧社会人物虚伪利己的生活态度。因为《增广贤文》里面的道理基本上就是教人发扬宿命思想,保守度日,它体现了地主阶级的希望,所以它实在是封建主义的处世观。

《处世哲学》一类的书,主要是美国商品推销员出身的人物——卡尼基写的。这个推销员因为写这类书而跻身到小富翁的队伍里去。那里面旁征博引,讲了一大堆东西;但是基本的道理却只有一个,就是劝人怎样去博老板们的欢心,使得自己推销货物时比较容易,使得自己不会随时失去职业;怎样去投人所好、笼络朋友,以便俯仰浮沉不至吃亏等等。那里面煞有介事地讲用这些方法处世,就可以如何如何地成功。但道理浅得很,人人用这种方法胡混度日,并不能消灭资本主义的危机和解决社会失业问题,它不过是教导个别的人怎样奉承老板,得过且过和设法把同伴的饭碗抢过来罢了。这是十分适合于眼睛只看见自己的鼻子、看不见广大群众的某些小市民的胃口的。这又是十分迎合美国大资本家们的愿望的,因此这类书就在美国大销特销了。而且,在旧中国,这类书的译本也曾经在解放前的黑暗时期连销好几十版。因此,从前在某些都市角落里,我们也看到了一些"如法炮制"实行这种"处世方法"、堆着满脸笑容、唯唯诺诺奉承人们的角色了。这些书因为本质上体现了大资产阶级的愿望,可以说它是资本主义的处世观。

在半殖民地半封建社会时代的旧中国,在先进者们的队伍以外,我们几乎到处看到这种封建主义和资本主义的处世态度,它们的共同特点就是虚伪和自私。但随着新社会的成长,人民已经能够在全国规模和全体范围上进行自我教育,清除旧社会的一切残余影响,在各种批评会上我们开始看到了"如法炮制"的"处世专家"们受到了批判。虚伪的、阿谀的、唯唯诺诺的、两面三刀的、投机取巧的、保守自私的分子,那些在旧社会有时运用这套方法很"吃得开"、很得心应手的人物,现在时常连一个少年人的眼睛也骗不过了。"增广贤文"和"处世哲学"的残余势力,眼见得一天天在削弱和消灭中了。

套用一句社会科学家们的术语,这真叫做"社会下层建筑变动了,上层建筑也跟着变动了"。

不用说,和我们新社会的性质相适应、集体主义的待人态度将代替那一切个人主义的"处世哲学"。

1952 年

塔的崩溃

在中国的神话传说中，塔，常常使人想起是封建统治势力的象征。

在那个美丽而又悲惨、错综曲折地表达了古代人对自由恋爱的渴望的"白蛇和许仙"的故事中，代表封建势力的法海和尚最后把白娘娘压在雷峰塔下。那塔，使人想起封建社会秩序压在人们头上的力量。

在《封神榜》哪吒出世的神话中，我们看到哪吒追击他的专横无理的父亲李靖，直把个李靖追得像条失魂鱼一般，大快人心的时候，忽然有一个仙人出来，授给李靖一座"塔"，随时可以祭起来烧哪吒，维护了绝对化了的家长威权，不禁使人倒抽一口冷气。那塔，也使人想起是封建伦理势力的化身。

像这一类故事，都复杂地表达了古代某些人对暴戾的封建势力抗拒和屈服的错综情绪，在这些故事中出现宝塔不是偶然的事，塔的建筑来自印度，是一种佛教的建筑物。塔也叫做"浮屠"，就是"佛陀"的转音。佛门的弟子起初用塔来藏佛骨，接着发展到用塔来镇邪。封建势力把一切反对君权、族权、神权、夫权的人物和行动都当做是邪恶的东西，因此在古代故事中就出现了用塔来镇压这一切东西的情节。上面说塔常常使人想起是封建势力的象征，不只因为从中国古代神话故事中使人发生这样的联想，而且也由于封建社会的结构也着实很像一座塔的缘故，顶上的塔尖是帝王，中层是许多士大夫、大地主，再下是小地主，再下就是辗转呻吟的广大的农民。或者换一个解释：塔的最下层是封建经济基础，在这个基础上面，产生了小王国林立，各自施行家长统治的政治制度。再在这个基础上面，产生了封建婚姻制度、封建伦理观念、人的等级观念、宗派主义、宿命论思想等等，那结构也着实像是一座塔。

西湖畔曾经有过的那一座雷峰塔，就是民间传说中镇住了白娘娘的塔。据说从前是被人一块砖一块砖地拆走因而倒塌的。解放前有一次到杭州，在这座塔的废墟周围徘徊，颇多感触。心想，这塔象征镇压的并不是什么白娘娘，而是千百万匍匐在封建制度下的善良男女，尤其是妇女。拆这塔的也不仅仅是这附近的乡民，而是千百万奋起从事反封建斗争的战士。当时想：总有一天，中国的封建制度要像那座雷峰塔一样，完全倒塌下来的。

现在，新中国成立了，旧政权崩溃了，土地改革完成了，中国的两千多年的封建制度，这一块砖一片瓦都染上了无数善良男女尤其是妇女们的血泪的古塔是被从根拔起，彻底塌下来了。但塔虽然塌下，那上层的建筑物，那在封建经济基础上生长的一切东西却还未曾完全粉碎。正像炸山的人们把大石炸下来之后还必须把它慢慢敲成碎石似的，把这一团团废塔的砖块敲碎还是一个巨大的工程，现在正在雷厉风行贯彻的婚姻法运动，正是这种巨大工程的一种。我们今后还必须敲碎各种的封建主义的遗物，像男尊女卑、官僚主义、人的等级观念、宿命论思想等等。这些东西，虽然因为古塔的崩溃而严重地碰损了，但还不是已经变成粉末，我们还时时可以看到它阻挡着我们前进的道路。但它终必被完全清除是绝对肯定的。在资本主义社会中，我们常常看到奴隶社会和封建社会的残余现象和因袭观念仍长期保留着，像人口买卖，包身工制度的存在，轻视妇女，尊崇"贵族"的作风等就是。那是因为这些社会都奠基在人剥削人的制度上的缘故。到了人民完全翻身的社会，这些旧时代的遗物想和新事物长期杂然并存，是不可能的了。

1952年

种　子

　　在童话里，我们时常可以读到一些关于奇异的种子的故事。

　　在现实生活中，有些关于种子的故事比童话里的还要动人。

　　从前，我们不是听过这样一个故事吗？有一个志愿军战士，和朝鲜农民在一道播种的时候，碰到敌机轰炸，他为了掩护那个农民免被扫射，自己壮烈牺牲了。他手里的一把种子沾上了血，朝鲜的农民为了纪念他，特地开辟了一块田地来种这把种子，禾苗长出来了，收了第一次的稻谷，许多朝鲜农民纷纷要了去，把它播种到更辽阔更辽阔的大地上去。

　　最近我访问了一个广东的特等农业劳动模范，他也有一段关于传播朝鲜种子的故事。

　　一九五三年这位模范参加慰问团到朝鲜去，在高原郡，他碰到一个老农，也是个模范。朝鲜老农赠给他一包优良的稻种，约莫有一斤多。这种稻子的优点是秆短、粒饱、耐寒、耐风。摄氏零度下的严寒，七八级的台风，都不能影响它的成长。中国农民把它带回来，一路上四处都有人来问他要，回到县里只剩下二两多了，县的示范农场又来要去一两，回到乡下就只剩一两多了。当时他想，如果一次播下去，万一种不活不就没有了！因此就分成三次种，一次种几钱。头两次都失败，最后一次种出三十二株禾苗，收获了八斤稻子。再种下去，收得七十多斤。经过几次繁殖，现在这种优良的稻子在他们的农业社里已经种了七八百亩了。

这些故事，使人感受到国际主义精神的温暖。

这些故事，使人赞美劳动创造的气魄。

这些故事，还使人想起种子力量的神奇，使人想起蕴藏着新的生命的东西一经成长起来，具有怎样一种惊人的力量。

一粒平凡的植物种子，往往蕴藏着可惊的生命力。这种力量表现在它们千奇百怪的传播方法上，它们可以靠风、靠水、靠人力，甚至通过鸟兽的肠胃粪道，传播到遥远的地方去。这种力量还表现在许多植物种子能够经久不死的奇迹上，在完全离开了适宜生长的土壤的情形下，树的种子一般能活三年，谷类的种子一般能活五年，生命力最强的豆科植物和莲类植物的种子，甚至能活一百数十年以至几百年不等。前几年不就有过这样的新闻吗？东北地层下发现的几粒休眠了最少几百年的古代莲子，经过苏联植物专家的培植，有一粒竟长出了莲叶来……植物种子的力量真是奇特，它成长之后，能够钻开干硬的地面，能够把大石推翻，它的根可以向横蔓延，也可以深入地层数百公尺。它可以成为千年欣欣向荣、风雨不能摇撼的大树；它也可以从一小撮种子，繁殖成长为铺满大地的绿色长城……上面提到的例子，不就很好地说明这道理吗？"新东西在开始时总是比旧东西软弱。但是，发展过程愈是前进，新东西的力量就增长得愈强大。"在现实生活里，我们是随处可以见到和这些话相印证的事例的。

在对待崭新事物、新生力量的问题上，人们常常容易趋于保守。上面提到的朝鲜农民和中国农民，对待一小撮宝贵的种子的严肃、爱护的态度，是值得处在新的事物不断涌现的今天的我们认真学习的。

真正具有成长意义，真正为人们所需要的东西，像那些宝贵的种子一样，一定会找到它们的播种人的。

真正爱护崭新事物和新生力量的人，一定会像上面提到的朝鲜农民和中国农民一样，将在平凡的劳动中创造出奇迹。

让我们赞美那些具有坚韧生命力量，不是一碰到困难环境就死亡的种子，这样的种子使我们想起了诗歌和童话。

让我们赞美那些在田间英勇播种，像爱护自己眼睛一样爱护一小撮宝贵的种子的农民，他们播种时优美的姿态和神情，使人想起了油画和雕塑。

1957 年

中国人与龙

龙在中国一向有巨大的势力。

龙的古里古怪的形象：披着鳞甲、生着脚爪、头角峥嵘、长着胡须、吐云沐雨、翻卷飞腾的形象，在无数人心目中已经成了定型。这种形象遍见于宫室、刺绣、图案、雕塑中，没有一个地方不见它的踪迹。龙的威力存在于无数的神话中，龙的故事充斥在廿四史里，以至于一切最古的古籍里。从前它是帝王的标志，地位被抬举得十分崇高不消说了；就是直到今天，一些迷信的人们仍然在拜"五方五土龙神"，在向龙母庙进香，在舞龙灯的时候钻过龙腹下来求子，或者在舞完龙后剥下一片"龙甲"回家供奉治病。龙的势力，同时又表现于许多地名、物名中，用龙字命名的地方、器物、生物多到不可胜计。一个"龙"字，在中国竟然成为绘声绘影、家喻户晓，甚至被不少人认为神异的、确有其物的东西了。

然而什么是龙？哪里有龙？

一般人心目中的龙，和考古学家、古生物学家心目中的龙，完全是两回事。

在中国这片大陆上，太古时代，虽然确曾经有过古生物学家心目中的龙出现。近年来中国科学院在山东莱阳等地曾不断发现恐龙蛋，山东大学的师生们曾发掘出整副恐龙的骨殖，更早一些，云南禄丰也曾发掘过"禄丰龙"的遗骸。用这些骨头联串起来，通过推理和想象，把它们的血肉皮甲复原，一条条古代恐龙的样子就出现在我们眼前了。那形貌，正像我们从苏联画报里所看到的古博物馆图照里的恐龙一样，像全世界古生物学家所绘成的龙的图形一样：颈尾都很长，后肢长于前肢，时常以后肢和尾直立起来。就因为它们形状恐怖，所以得到后世的人类"谥"给它们的"恐龙"的名字。

然而这些曾经在古代中国大陆爬行过的大爬虫，和今天人们心目中的龙完全是两回事。恐龙生长在"中生代"，距今约一亿年以至一亿五千万年，那时不但还没有人类，而且连人类始祖的猿猴也还没有踏上历史的舞台；在这个时代，只出现一些最原始、最简单的哺乳动物罢了。等到人类出现的时候，恐龙早已在世界绝迹，只在地层下留下它们骸骨的化石罢了。

那么全无其物的中国历代人心目中的龙，究竟是怎样形成，怎样发展，而且是怎样变得威风和神圣起来的？

严格地说：这是一个历史学、民俗学的问题，并不是一个生物学的问题。

回答这个问题，最精警最雄辩的人，我觉得无过于闻一多先生了。

闻一多著作中，有三篇作品有力地回答了这个问题。那就是：《伏羲考》《龙凤》和《端午考》。

闻一多广泛地引用了许多先秦两汉的书籍，从夏室诸王都和龙发生密切关系的神话中说明原始夏族是一个龙图腾的民族。从夏族诸王生前常乘龙、死后常变龙，禹治水也是龙教他的，甚至禹自己就和伏羲一样有个"蛇身"之类的神话传说中，从夏人器物常常以龙为饰，金文中，龙字从巳（即古代"蛇"字）的考证中，从夏族重要后裔之一的吴越人断发文身、模仿龙的榜样作水上之戏，吴国、越国的城门画上龙蛇来趋吉避凶的事迹中，说明了龙的崇拜是夏族的特色。龙是这一个后来成为中国民族主角的夏族原始时代的图腾。正如"凤"是原始殷人的图腾（因而殷民族有"天命玄鸟（即凤）降而生商"的神话）的道理一样。闻一多道："就最早的意义说，龙和凤代表着我们古代民族中最基本的两个单元——夏民族与殷民族。"就正因为这样，龙和凤在上古时代就在我们的先人中挟着在图腾社会的余威，奠定了它们神秘的地位了。

那么龙现在的这副模样儿又是怎样形成的呢？《伏羲考》中阐释道："然则龙究竟是个什么东西呢？我们的答案是：它是一种图腾，并且是只存在于图腾中而不存在于生物界中的一种虚拟合成的生物，因为它是由许多不同的图腾糅合成的一种综合体。……龙的基调还是蛇。大概图腾未合并以前，所谓龙者只是一种大蛇。这种蛇的名字便叫作'龙'。后来有一个以这种大蛇为图腾的团族兼并、吸收了许多别的形形色色的团族，大蛇才接受了兽类的四脚、马的头、鬣和尾，鹿的角、狗的爪、鱼的鳞和须……于是便成为我们现在所知道的龙了。"从汉代及其以前的石刻、工器的雕塑、花纹中，说明中国人现在心目中的龙的形象当时早已形成了。

这种图腾社会中全体族员的共同祖先在群众中的深刻影响，到了秦汉后大一统帝国形成时，很快就给帝王们利用了，共同的祖先变成了帝王一姓的祖先，于是龙、凤成为帝王与后妃的符瑞。经过两千多年的封建统治"龙是神圣的灵异的"的观念，由于统治者的努力灌输，便形成一种深入人心的影响了。

闻一多在他的著作中有力地解释了最重要的三个问题，那就是：龙在中国古代传说中为什么这样有势力？龙的形象怎样形成？龙后来为什么又变成了帝王的符瑞？他在文中曾不禁慨然叹道："三千年惨痛的记忆，教我们面对这意味深长的龙凤二字，怎能不怵目惊心！"闻一多青年时代发表诗集《红烛》时，曾经准备要用这么一个笔名："屠龙居士"。他对于作为封建帝王标志的龙是深恶痛绝的。

就是这一位屠龙者，龙在他的分析下还原为一条丑恶的蛇。龙的权威已随旧中国的崩溃而逐渐消失，在新中国，龙母庙的香火已稀少了，以龙做装饰的美术品也较少了。但迷信龙的神话的人恐怕还不是完全没有。那么，认识龙的真面目，了解崇拜龙迷信龙的是我们耻辱的烙印，那只是我们太古先人对于蛇的恐惧，三千年帝王们努力向人民灌输的有毒观念的残余影响，可以说是必要的。

社稷坛抒情

北京有座美丽的中山公园，公园里有个用五色土砌成的社稷坛。

社稷坛是北京九坛之一，它和坐落在南城的天坛遥遥相对。古代的帝王们，在天坛祭天，在社稷坛祭地。祭天为了要求风调雨顺，祭地为了要求土地肥沃，祭天祭地的终极目的只有一个：就是五谷丰登，可以"聚敛贡城阙"。五谷是从地里长出来的，因此，人们臆想的稷神（五谷）就和社神（土地）同在一个坛里受膜拜了。

穿过古柏参天，处处都是花圃的园林，来到这个社稷坛前，突然有一种寥廓空旷的感觉。在庄严的宫殿建筑之前，有这么一个四方的土坛，屹立在地面，它东面是青土，南面是红土，西面是白土，北面是黑土，中间嵌着一大块圆形的黄土。这图案使人沉思，使人怀古。遥想当年帝王们穿着衮服，戴着冕旒，在礼乐声中祭地的情景，你仿佛看到他们在庄严中流露出来的对于"天命"畏惧的眼色，你仿佛看到许多人慑服在大自然脚下的神情。

这社稷坛现在已经没有一点儿神秘庄严的色彩了。它只是一个奇特的历史遗迹。节日里，欢乐的人群在上面舞狮，少年们在上面嬉戏追逐。平时则有三三两两的游人在那里低回。对，这真是一个引发人们思古幽情的好所在！作为一个中国人，可以让这种使人微醉的感情发酵的去处可真多呢！你可以到泰山去观日出，在八达岭长城顶看日落。可以在西湖荡画舫，到南京鸡鸣寺听钟声。可以在华北平原跑马，在戈壁滩上骑骆驼。可以访寻古代宫殿遗迹听一听燕子的呢喃，或者到南方的海神庙旁看浪涛拍岸……这些节目你随便可以举出一百几十种来，但在这里面千万不能遗漏掉这个社稷坛！这坛后的宫殿是华丽的，飞檐、斗拱、琉璃瓦、白石阶……真是金碧辉煌！而坛呢，却很荒凉，就只有五色的泥土。然而这种对照却也使人想起：没有这泥土所代表的大地，没有在大地上胼手胝足的劳动者，根本就不会有这宫殿，不会有一切人类的文明。你在这个土坛上走着走着，仿佛走进古代去，走到一望无际的原野上，在那里，莽莽苍苍，风声如吼。一个戴着高冠，穿着芒鞋的古代诗人正在用他的悲悯深沉的眼睛眺望大地，吟咏着这样的诗句：

　　　　朝东西眺望没有边际，
　　　　朝南北眺望没有头绪，
　　　　朝上下眺望没有依归，
　　　　我的驱驰不知何所底止！
　　　　…………

　　　　九州究竟安放在什么上面？

> 河床何以洼陷？
>
> 地面，从东至西究竟多少宽，从南至北多少长？
>
> 南北要比东西短些，短的程度究竟是怎样？（屈原：《悲回风》和《天问》，引自郭沫若译诗。）

这不仅仅是屈原的声音，也是许许多多古代诗人瞭望原野时曾经涌起的感情。这种"大地茫茫"的心境，是和对于自然之谜的探索和对于人间疾苦的愤慨联结在一起的。

想一想这些肥沃土地的来历，你不由得涌起一种遥接万代的感情。我们居住的这个星球在最古老时代原是一个寂寞的大石球，上面没有一株草，一只虫，也没有一层土壤。经过了多少亿万年，太阳风雨的力量，原始生物的尸骸，才给地球造成了一层层的土壤，每经历千年万年，土壤才增加薄薄的一层。想一想我们那土壤厚达五十公尺的华北黄土高原吧！那该是大自然在多长的时间里的杰作！但这还不算，劳动者开辟这些土地，是和大自然进行过多么剧烈的斗争呀！这种斗争一代接连一代继续着，我们仿佛又会见了古代的唱着《诗经》里怨愤之歌的农民，像敦煌壁画上面描绘的辛勤劳苦的农民，驾着那种和古墓里挖掘出来的陶制高轮牛车相似的车子，奔驰在原野上，辛苦开辟着田地。然而他们一代代穿着破絮似的衣服，吃着极端粗劣的食物。你仿佛看到他们在田野里仰天叹息，他们一家老小围着幽幽的灯光在饮泣。看到他们画红了眉毛，或者在头上包一块黄布揭竿起义，看到他们大批地陈尸在那吸尽了他们的汗水然后又吸尽了他们鲜血的土地。想一想在原始社会中他们怎样匍匐在鬼神脚下，在阶级社会中他们又怎样挣扎在重重枷锁之中。啊，这些给荒凉的大地铺上了锦绣花巾的人，这些从狗尾草、蟋蟀草中给我们选出了稻麦来的人，我们该多么感念他们！想象的羽翼可以把我们带到古代去，在一家家的门口清清楚楚看到他们在劳动，在饮食，在希望，在叹息，可惜隔着一道历史的门限，我们却不能和他们作半句的交谈！但怀古思今，想起了我们这个时代的农民是几千年历史中第一次真正挣脱了枷锁，逐渐离开了鬼神天命的羁绊的农民，我们又仿佛走出了黑暗的历史的隧洞，突然见到耀眼的阳光了。

你在这个五色土坛上面走着走着，仿佛又回到公元前几千年去，会见了古代的思想家。他们白发苍苍，正对着天上的星辰，海里的潮汐，陶窑的火光，大地的泥土沉思。那时的思想家没有什么书籍可以阅读参考，日月经天，江河行地，四时代谢，万物死生的现象，都使他们抱头苦思。他们还远不能给世界的现象写出一个较完整的答案。但是他们终究也看出一点道理来了，世间的万物万事，有因有果，有主有从，它们互相错综地关联着……正是由于古代有这样的思想家在这样地思想过，才给后来的历史创造了这样一座五色的土坛。

"五行"的观念和我们这个民族一样地古老，东、南、西、北是人们很早就知道的，人们总以为自己所处是大地的中间，于是在四方之外又加上了一个"中心"，东、南、西、北、中凑成了五方五土的观念，直到今天我们还看到好些人家的屋角有"五方五土龙神"的牌位。烧陶方法和冶铜技术发明了，人们在熊熊火光旁边，看到火把泥土变成了陶器，把矿石烧成溶液，木头燃烧发出了火光，水又能够把火熄灭。这种现象使古代的思想家想到木、火、金、水、土（依照《左传》的排列次序）是万物的本源。于是木、火、金、水、土把五行的观念充实起来了。

烧制陶器这件事使人类向文明跨前一大步，在埃及，在希腊，都由此产生了神祇用泥土造人的神话。在中国，却大大地发扬了"五行"的观念。根据木、火、金、水、土五种东西彼此的作用，又产生了五行相克相生的理论。根据这几种东西的颜色：树木是苍翠的，火光是红艳艳的，金属是亮晶晶的，深深的水潭是黝黑的，中原的泥土是黄色的。于是青、赤、白、黑、黄五种颜色就被拿来配木、火、金、水、土，成为颜色上的五行了。

这个四方、五行的观念被古代思想家用来分析许许多多的事物，音乐上的宫、商、角、徵、羽五个音阶，天上二十八宿的分隶朱雀、青龙、白虎、玄武（乌龟）四方，都是和这种观念紧密地联结起来的。

把世界万物的本源看做是木、火、金、水、土五种元素相互作用产生出来的，这和古代印度哲学家把万物说成是由地、火、水、风所构成，古代希腊哲学家说万物的本源是水或者火……那思想的脉络是多么地近似啊。

尽管这种说法在几千年后的今天看来是奇特甚至好笑的，然而那里面不也包含着光辉的真理吗：万物的本源都是物质，物质彼此起着错综的作用……哦！我们遇见的对着泥土沉思的思想家，他们正是古代的略具雏形的唯物主义者！

没有这些古代思想家，我们就不会有这个五色的土坛。审视这五种颜色吧，端详这个根据"天圆地方"的古代观念筑起来的四方坛吧！它和我们民族的古代文化发生多么密切的关系啊！

我们汉民族的摇篮在黄河的中上游，那里绵亘的是一望无际的黄土高原。因此，黄色被用来配"土"，用来配"中心"，成为我们民族传统中高贵的颜色。中心是不同于四方的，能够生长五谷的土地是不同于其他东西的，黄色是不同于其他颜色的。在这个土坛的中心，黄土被特别砌成了一个圆形，审视这个黄色的圆圈吧！它使我们想起奔腾澎湃的黄河，想起在地层下不断被发掘出来的古代村落，也想起那古木参天的黄帝的陵墓。

我多么想去抱一抱那些古代的思想家，没有他们的艰苦探索，就没有今天人类的智慧。正像没有勇敢走下树来的猿人，就不会有人类一样。多少万年的劳动经验和生活智慧积累起来，才有了今天的人类文明。每一个人在人类智慧的长河旁边，都不过像一只饮河的鼹鼠。在知识的大森林里面，都不过像一只栖于一枝的鹪鹩。这河是多少亿万滴水汇成的啊，这森林是多少亿万株草木构成的啊！

瞧着这个社稷坛，你会想起了中国的泥土，那黄河流域的黄土，四川盆地的红壤，肥沃的黑土，洁白的白垩土……你会想起文学里许许多多关于泥土的故事：有人包起一包祖国的泥土藏在身旁到国外去；有人临死遗嘱必须用祖国的泥土撒到自己胸上；有人远适异国归来俯身去吻一吻自己国门的土地，这些动人的关于泥土的故事，使人对五色土发生了奇异的感情，仿佛它们是童话里的角色，每一粒土壤都可以叙述一段奇特的故事或者唱一首美好的诗歌一样。

瞧着这个紧紧拼合起来的五色土坛，一个人也会想起了国土的统一，在我们的土地上为了统一而发生的战争该有多少万次呀，然而严格说来，历史上的中国从来没有高度统一过。四分五裂，豪强纷纷划地称王的时代不去说它了，可怜的共主像傀儡似的住在京都，整天送猪肉、龟肉慰问跋扈的诸侯的时代不去说它了，就是号称强盛统一的时代，还不是有许多拥兵的藩镇，许多专权的贵戚，许多地方的豪霸，在他们的领地里当着小皇帝，使中央号令不行，使国中还有许许多多的小国。中国历史上没有一个时期像今天这样高度统一过，等我们解放了台湾和一些沿海岛屿以后，这种统一的规模就更加空前了。古代思想家的预言："不嗜杀人者能一之"。由于不剥削人的劳动阶级登上了历史舞台，竟使这一句话在两千多年后空前地应验了。

我在这个土坛上低回漫步，想起了许许多多的事情。我们未必"前不见古人，后不见来者"，凭着思想和感情的羽翼，我们尽可去会一会古人，见一见来者。我仿佛曾经上溯历史的河流，看见了古代的诗人、农民、思想家、志士，看他们的举动，听他们的声音，然后又穿过历史的隧洞，回到阳光灿烂的现实。啊，做一个历史悠久的民族的子孙是多么值得自豪的一回事！做今天的一个中国的人民是多么值得快慰的一回事！回溯过去，瞻望未来，你会觉得激动，很想深深呼吸一口新鲜的空气，想好好地学习和劳动，好好地安排在无穷的时间中一个人仅有一次，而我们又恰恰生逢其时的宝贵的生命。

我真爱北京这座发人深思的社稷坛！

1956 年

在遥远的海岸上

中国有一千三百万华侨散布在世界各地,这一千三百万人和国内人民的思想感情的脉搏是一同跳动着的。在这方面,我常常想起无数动人的事件,使自己像喝过醇酒似的进入一种感情微醺的境界。虽然我离开海外回到国内来已经很久很久了。

波兰古典作家显克微支有一个短篇小说叫做《灯塔看守人》。里面讲的是十九世纪流浪异国的一个波兰老人的故事。这老人因为反抗压迫,在国外流浪了大半生,到他衰朽的暮年,异常困倦地渴望获得一个安定的位置度过他的余生。在意外的机会中他找到了一个看守灯塔的职业。这工作是异常寂寞孤独的,整天和潮汐、海鸥为伍,在偏僻的岩礁上,连人影也不见一个。唯一的工作就是每天按时燃着灯火,使来往的船只不致失事。这工作很轻便,但绝对不容许误事。只要有一次的错失,他就得失掉位置,重新去做无所归依的流浪者了。老人是很喜欢这工作的,他按时点燃灯塔,从不误事。但有一次他收到了一个邮包,有人寄给他一本波兰诗人的诗集。他翻读着书籍,和祖国的千丝万缕的感情使他沉浸于一种如醉如痴的境界,他回忆、沉思、激动、神往，像喝醉了酒似的一连躺了好几个钟头，终于忘记燃点灯火。于是，他被撤职了。

许许多多华侨眷念祖国的故事，那情景，是和这个小说中的波兰老人有很多相似之处的，

宋庆龄先生访问印度尼西亚，回来叙述过她在巴厘岛上见到的一桩事情道："我们国内已不易看到的铜钱，在巴厘岛上家家都能找到，这种铜钱被停止流通还是不久的事情。现在人们把铜钱结成一串一串的吊起来，当做宗教仪式上不可缺少的神器。在一家银器店里我们发现一串串的铜钱中有开元年号的，有万历年号的，也有清朝各种年号的……"这种表面上看起来很细小的事象，里面蕴藏着的人们眷念祖国的感情却是多么地强烈啊。

和这种事象相仿佛，我记起了华侨许多保持祖国古老的风俗习惯的事情。这种情形意味的绝不是普通意义的"保守"。他们正是以这来寄托他们永不忘本的家国之思的。正像波兰的作曲家萧邦，到西欧去流浪时，永远带着一撮祖国的泥土那样，具有深远的寓意。

《红楼梦》七十二回，从王熙凤向贾琏发脾气的谈话中讲到一个词儿："衔口垫背"。那是一种古老的迷信的风俗，在死人嘴里放一颗珍珠或一些米叫做"衔口"；入殓时在装殓的褥下放一些钱叫做"垫背"。这风俗在国内，即使在解放前也已经不容易见到了。但在南洋华侨当中还相当地流传着，我的母亲入殓时就采用了这种仪式。在福建，清初时候，许多反清复明的志士和他们所影响的人们，入殓时习惯在脸部盖上一块白布。那意义是："反清复明事业未成，羞见先人于地下"。这习俗，也同样随着一部分福建侨民带到海外去。

对古代祖国英雄豪杰的怀念，是无数华侨共有的感情。在热带的雨夜，家人父子围在一起谈郭子仪、薛仁贵、岳飞……是许多华侨家庭常有的事。在南洋一带，人们又十分推崇曾经踏上那边土地的三保太监郑和。亲戚朋友们在灯下聚谈的时候，话题常常很自然地拉到这个太监身上去。这位在五百多年前曾经出使七次，航程十六万海里的三保太监，在许多华侨口中仿佛变成了一个无所不能的异人。南洋有些成人遇到困难，有时还会喃喃祈祷道："三宝公保佑，三宝公保佑！"南洋侨胞对郑和的尊崇，是渲染上许多神话色彩的，他们所以这样做，严肃追究起来，实际上藏着一些颇为辛酸的理由。从前，当华侨没有一个强盛的祖国，还处在"海外孤儿"的境地的时候，他们不得不怀念和神化当年扬眉吐气的先人，不得不通过"三保太监"来寄托他们备受损害的民族自尊心。

对于光荣先人的追念，对于风俗习惯的保持，在这些现象里面，闪耀着强烈的爱国主义感情。从美洲到欧洲，从非洲到南洋，众多的华侨坚持着吃中国饭，穿土布衣服，着广东木屐，吃从遥远的家乡运来、或者自制的腐乳、咸鱼、霉菜、凉茶；继续过我们的清明、端午、中秋、冬至，祖孙累代数百年如一日地坚持着。为什么有些风俗在国内已经逐渐改变或者丧失了，在海外却那么牢固地保存着，从这里是可以找到很好的答案的。

这些年来，海外华侨每当遇到放映国产电影或者祖国的各种代表团抵达的时候，他们有人会跋涉一百几十里路来看一场电影或者来会一会亲人。有的人回到国门，踏上祖国泥土时就纵情高歌，有一个华侨甚至特地缝了一件缀满了五角星的衣服，在抵达边境时披到身上。有一些累世居留海外的华侨土生，因为当地华侨人数稀少，说中国话的机会不多，因而操中国语言已经不很灵便，然而这些年来他们也纷纷回来了。他们一家家已经离开祖国一两百年，他们已经不大会讲祖国语言，然而祖国有一种巨大的吸力把他们从海外吸引回来。一个历史文化悠久的国家，在她的子子孙孙的身上留下了多么深远的影响！祖国的强大，使她的海外儿女的强烈感情得到了一个很自然的喷火口了。那类使人感动的事象的出现绝不是偶然的事。上面说过：这些事件，真使人像喝过醇酒似的进入一种感情微醺的境界。

在世界各个遥远的海岸上，有多少万颗心像向日葵似的向着祖国！

从海外远道归来的人们，如果看到已经翻身的祖国有些事情还不如理想的时候，想一想她是我们共同的经历过千万劫难的母亲，现在还不过是她的青春刚刚复活的顷刻，在她身上还存在许多旧时代的烙印。这样一想，就会更加奋发地和国内的人们一起来建设祖国了。同样地，当国内的人们觉得海外归来的侨胞和自己的生活习惯有些地方不大相同时，想一想这是祖国大家庭中曾经辗转漂泊，在人生道途上备尝风浪的亲人；这样一想，生活的感情就会像水乳那样地交融起来了。

地球上的海里有无数的海底电线把世界各个大洲联系起来。除了千万物质的电线之外，还有无数感情的电线遍布在各个海洋，把各大洲的人们联系起来。中国有为数很多的侨民居留海外，在世界上一切遥远的角落，千千万万感情的电线跨越重洋，纷纷延伸到中国的海岸。让我们永远怀念着海外的亲人，并用加倍努力的建设，使这一千多万远适海外、翘首故国的人们有一个日益强盛的祖国吧！波兰小说中那个灯塔看守人的故事是感人的。我们深深地和那个老人的感情共鸣。但却希望和他那样的命运,不再支配着今天我们海外的亲人。当祖国日益强盛时,那时候,她就可以向世界上一切海洋发出电波,用她的慈爱庄严的声音呼唤道:"儿女们,你们随时回到我的怀抱吧!"

1956 年

原始公社的影子

从海南岛五指山区访问回来以后,我常常想念着那里的黎族男女,他们是多么淳朴和饶有古风的人民啊。

今天的五指山已经和从前大不相同了。民族自治州的首府已经有了电灯,农业社里已经有了打谷机……事物正在日新月异地变化着,许许多多的通讯已经报道了这些了。这里我想从另一个角度来谈谈黎族的人民,这就是:在他们生活里残存着的原始公社的影子。

过去,我们常常听说有些刁钻的商人跑进五指山区去,用一根针换走了黎人一只鸡,或者用一把柴刀换走了他们的一头牛。这些事情是确确实实曾经发生过的。因为在阶级分化还不明显的黎族人民中间,有许多人根本不知道世间有"欺骗"这一回事。

在我们访问黎族村落的时候,有人请求在田里收获的妇女唱歌,她们慷慨地答应了。唱完几支歌以后,我们要走了,她们惜别地说:"你们什么时候再来呢?我们还有很多的歌可以唱给你们听。"就在这一句话里面,我们呼吸到一种十分新鲜的生活气息。

直率，坦白，这是许多黎族人民的特点。在黎族村落里是没有偷窃这回事的。他们习惯于把一串串的稻穗搭在竹架子上，构成了一面面"谷子的墙"。每个人认清自己所有物的位置，然后各自安分守己地取用。这些奇异的谷仓都是露天的，但是却从不会有谁窃取别人劳动成果的事情发生。从前，在饥馑的年头，谁的谷子先吃完了，就去要求亲戚接济，宁可饿死也不会发生偷窃的事。他们成群围猎野猪的时候，谁先发第一枪，就可以得到野猪的四分之一，其余的就煮来大家一起吃，甚至连过路的旅客看到了，也可以跟着一起吃。就像那野猪是天赐的东西，谁都有吃的份儿一样。

一个人要娶亲了，全村的人纷纷赠礼，每家赠几十把谷子，让有喜事的人家可以酿酒、办筵席。当村子里有一户人家的房子给台风刮翻了。那户人家就自己到深山里去砍木材，在木材上做了记号，谁也不会取走他的。积聚得差不多了，全村的人就一齐到山里帮助他把木材搬运出来。

正像《阿诗玛》长诗所吟咏的云南撒尼人一样，黎人从前是每个村里都有男女谈爱的"公房"的，黎族人谈情说爱十分直率，从一首妇女唱的情歌可以看得出来。那首情歌是这样的："红藤生刺苦藤牵，有情哥妹心相连，我不使哥一天哭七次，哥莫使我家路旁草长一丈三。"

五指山腹地，就是现在的黎族苗族自治州首府通什一带，流行着一种"合亩制"。那是以一个个的家族为单位的原始农业组合，参加的大都是父母儿女叔伯兄弟等，有时也有其他的人参加，但为数很少。谁的辈分和岁数在这个组合内最大，谁就是"亩头"。亩众是很听亩头的话的，什么时候开工，什么时候收工，都听亩头的指挥。亩头还兼掌一些祭祀的仪式，例如在收获的时候，亩头夫妇要穿最漂亮的衣服到田间去，摘一些稻穗回来，挂在门口，然后两夫妇和衣静卧着，由亩众去田间正式收获。在分配产品的时候，亩头稍微分配得多一些，但也多得有限。起初，当要推行农业合作化的时候，干部们研究了"合亩制"，以为在这里面有剥削，后来，大量的材料说明那一般只是家族公有的共耕经济，亩头并没有占多少便宜，亩众缺粮时，亩头还常常加以救济。所以当农业合作运动推行起来以后，有许多亩头都做了农业合作社的社长。

许多黎族农民把农业社叫做"合大亩"。从"合小亩"一跳跳到"合大亩"，他们跳过的历史路程真是不短啊！在一个阶级分化不明显的社会里面，这场大转变当中就产生了许多有趣的事情。

汉族地区农业社里曾经发生过的许多问题，在这里没有发生，相反地，这里却发生了许多新鲜的问题。

田地、农具、耕牛入社，他们完全没有想到要租或计工分，有些干部企图劝告他们有牛的人应该得到牛租，有牛无牛的黎人都反对："牛不要租，有的帮助没有的，要牛租不好！"本来，有劳动力的人得到工分，就可以养老小，但是在这个地区，黎族农民却纷纷提出意见，认为不论老小，不论能不能劳动，都应该给他们一些虽然较少的但是固定的工分。他们说："不然，老人小孩怎样生活呢？"他们对于有客人来访耽误出勤的人，对于屋子给大风吹倒了上山去砍树修理自己房子的人，认为都应该一律给他们记工分。在他们看来，"接待客人和修理房子都是正事呀"。

这些事情初看起来很奇特，但如果想到，原始公社的影子还笼罩着这个区域，阶级社会中人们被培养起来的强烈的私有心理在这里还没有完全形成，那么这些事情就一点也不奇怪了。

我向一个黎族农民提出这样的问题："你们费力气地辛苦工作，但是老人小孩没有参加劳动，却一样得工分，家里没有老人小孩的人会不会觉得吃亏呢？"那个头上缠着毛巾，眼神和小孩子一样的黎族农民突然迷惘起来，他眨着眼睛，然后很坚决地说："人如果不照顾老人小孩，不能算人。"这声音是我终生都不会忘记的。在这一刹那，我觉得这个瘦削的黎族农民突然高大起来。当人类不受阶级社会的私有观念腐蚀的时候，人类是多么地崇高啊！

当然，并不是所有黎族的村落都被这个原始公社的影子笼罩着的，在一些边远地区，牛租之类也很厉害。然而在五指山的腹地，情形却确实是这样的。

在这样的社会里，自自然然流传着许多表现泛爱观念的故事。有一个故事讲黎王"保夏马丹"，为了痛恨五指山山太多、平地太少，人们生活得太艰苦，便用手去推山，用脚去踢石，终于弄出几块小平地来让人们耕种。又有一个故事讲黎族和汉族同源，是一对同胞兄妹，在洪水滔天时代生下来的。因为兄妹结婚，生下了一个肉团怪胎，哥哥把它斩成几块，有的抛到山上，有的投下溪流。抛上山的变成了黎人，流下平原的变成了汉人。从前在长期遭受压迫的日子里，这样的故事还能世代流传下来，可以想见黎族的人民，是保持着怎样善良的民族友好的愿望啊。

在这样社会中生活着的人们，是具有高度的一致性的。一九四三年，当黎族人民大起义反抗国民党反动派的时候，整个起义区域的男女老少一齐行动。老人小孩都随起义部队进入深山。他们派人去找共产党，第一次找不到。第二次再派人去找时，准备再找不到而且弹尽援绝的时候，男子们就冲锋决一死战，老人妇女就在深山里找几棵大树集体自缢。他们当时这种打算，使人想起台湾高山族历史上著名的"雾社事件"，高山族的许多老弱妇孺在反抗日本殖民主义者失败以后，正是用这种方式集体自杀的。但当年黎族人民最后终于找到了共产党，这一个英勇的民族在正确的领导下毕竟走上了有组织的斗争的道路，并完全获得了解放。当我在自治州州长、黎族人民领袖王国兴的老家门口，看到他的屋檐下挂着一面巨大的皮鼓时，我不禁想起了许许多多的事情。想起了黎人擂鼓集会时的情景，想起了他们在鼓声咚咚中举刀冲杀的一幕，并因此而想起许多古代的民族传说令人神往的场面。

黎族人民这样的一种精神面貌和生活状态，使我们想起唱着"击壤歌"时代的先民。那时，首脑是诚恳地为公众办事的，人和人之间是相亲相爱的；自私自利被认为是罪恶，个人对集体祸福负责被认为是理所当然。原始公社时代的美好传说，直到今天还依稀在黎族人民身上看到。

在这种生活中，人们朴素的集体主义精神是值得赞美的。但是这种生活方式毕竟是社会生产力低下阶段的产物。说原始公社时代人们生活如何美满幸福，是不可相信的事。我们可以想象到：那时的物质生活水平是低下得十分惊人的。人们慑服于大自然的威力之下，辛苦挣扎才能够勉强弄到十分粗粝的衣食，而且还时常要面临饥馑的恐慌。黎族人民一向的生活就很清楚地说明了这点。他们住在船篷似的没有窗子的屋子中（据说这是纪念漂洋渡海的先人的），用牛来踏田，用手来捻穗，一亩田才收一百几十斤的谷子。山猪、鸟雀、田鼠，几乎夺去了他们一半的农作物。在生活中有许许多多的禁忌和恐惧,一个月总有七天至十天是为了禁忌不去劳动的(那些日子被称牛日、马日、蛇日、鸡日、虫日等)。而且在其他生活方面,也充满了对于山灵鬼魅的畏惧心理,疾病相当流行,禳除的方法就是杀鸡杀牛拜鬼。为什么他们需要"合亩制"那样的生产组合呢?这正是生产力低下的一种反映。因为用手捻穗收获,假如不是人众手多,谷子就要烂在田里了……这一切状况现在当然还没有完全改变过来,但已经在迅速地改变中了。打谷机和中耕器之类的农具已经运到了五指山,农业社已经使人们改变了许许多多的生活积习,黎族人民生活在逐渐丰裕起来了。他们已经跳过了可怕的阶级分化的历史道路,走上社会主义的阳关大道了。

　　从黎族人民朴素的爱群的精神中我们是很可以学习到一些东西的。不受剥削阶级影响、过着原始共耕经济生活的人们,在他们的品质中就有那么一些光辉的宝贵的东西。当我们建成社会主义社会,生产资料完全公有了,共产主义道德高度地发扬了,人的精神面貌的改变一定也是异常惊人的,这一切,我们在今天所看到的还不过是一个开端。到那时,对集体事业没有责任感的人,连小孩子也会指着他的鼻子说:"不能算人!"共产主义是人类的青春,它终归要荡涤一切阶级社会遗留下来的积垢。"鉴往知来",历史和科学已经给我们提出了铁证。

1956 年

吃　蛇

"你们广东人吃蛇吗？"

一个人有了个广东籍，就常常会听到这样的询问。回答很简单，就是：吃！

南方人似乎吃的花样多些，城镇的居民似乎又格外喜欢吃些。在广州街头，走过狗肉摊子，看到那"狗肉滚三滚，神仙站不稳"的宣传招贴；走过鱼摊子，听到鱼贩在高喊着："春鳊秋鲤夏三鯠（鲗鱼）"；走过卖腊田鼠的摊子，摊贩在夸耀着"一鼠当三鸡"，你都不禁会有这样的感觉。道地的广州人，不仅吃狗肉、吃田鼠，还吃猫头鹰、吃啄木鸟、白鹭、鹰鹫等等，相形之下，蛇倒显得是一种相当文雅的食品了。

南方人吃各种奇奇怪怪的东西比北方人厉害，似乎是很有点历史渊源的。苏东坡贬谪到海南来，就曾经有过"土人顿顿食薯芋，荐以薰鼠烧蝙蝠"的吟咏了。虽然在南方，也自有连鲤鱼、牛肉也不吃的人。

华南一带，人们不但吃蛇，蛇肉还被当做餐桌上的珍品。高贵的筵席上，摆上一碗蛇羹，绝不是贻笑大方的事情。它是完全可以和燕窝鱼翅摆在一起的东西。卖蛇肉的馆子，也决不像卖狗肉的铺子那样地寒酸，而是大模大样，堂皇雅洁。这种馆子的宴会叫做"蛇宴"。筵席上虽然也有鸡、鱼等菜式，然而却是以蛇为中心的。这种馆子的门首就放着装活蛇的蛇篓，甚至把活蛇放在玻璃柜里招徕招徕。总之，在许多广东人心目中，吃蛇肉和吃猪肉，并没有什么很大的两样。如果有什么两样，只是蛇肉被认为更滋补些和烹调复杂些罢了。

蛇肉馆子里面的景象是有趣的。有的客人要喝蛇胆酒，伙计会把活蛇带到他的跟前，像河南一带卖黄河鲤鱼的馆子，让客人先看看活鲤鱼一样；然后，才取胆下酒。蛇一般以三条为"一付"。这三条普通是由金脚带、眼镜蛇、过树榕组成。蛇取下胆后还可以活一个星期。蛇胆是很珍贵的，大概取下蛇胆的蛇，价钱只剩下原来的六分之一而已，越毒的蛇，胆的价钱也就越高。至于蟒蛇的胆，就没有人要吃了。

蛇肉馆子的菜肴里不但有各式烹调的蛇肉，还有炒蛇皮，去了鳞的蛇皮和鸭掌一起炒，有一个漂亮菜名叫做"鸭掌龙衣"。金脚带蛇的皮是一节黑一节黄的，看起来颇使人想入非非，然而平心而论，滋味是很好的。

蛇和猫一起炖，有一个好名字叫做"龙虎会"，这是许多人都知道的。假使加上了鸡，就变成"龙虎凤大会"了。如果以为在这种筵席上有点茹毛饮血的粗犷味道，那可完全不符合事实。在铺上雪白台布的桌子上放着一碗蛇羹，上面漂着白菊花瓣，并没有半点"杯弓蛇影"的刺激。已被撕成了肉丝的蛇肉，和鸡肉很难分别出来。蛇肉在名厨制作之下，滋味十分甘美。这些年来，据我所知，已经有几十个国家的外宾尝过这种美味并且赞不绝口了。有一些外宾，震于广州蛇羹的盛名，还是自己提出要求，希望试一试的。

有些外省朋友，对于广东人吃蛇觉得可怕。这一点我颇不以为然。广东有一些吃法我也不敢赞同。但吃蛇，在我看来却是一种人类文明。广东有的人喜欢吃鱼生，累得长肝虫病。有的人吃白鹭鸶、吃鹤，以为会补这里补那里，也实在太煞风景。但吃蛇，我以为却是值得赞美和推广的事。蛇肉的确好吃，世界很多地方都有人吃它。在南洋，米仓里养蛇捕鼠，蛇长得异常肥大。每隔一个时期清仓，就可以捉出一批蛇来宰卖，在新加坡街头，就常见有这种蛇肉摊子。在美国，听说也有响尾蛇的蛇肉罐头。去年我见到一位日本作家，他告诉我日本有人组织吃蛇协会，他的父亲还当了会长。可见吃蛇肉的风气正在世界各地展开着。记得《格林童话》里面有一则说，一个国王因为吃了白蛇肉，变得异常智慧，这童话我想是很有象征意义的，吃蛇应该说是一种智慧。吃熊掌如果可以算是人类的生活艺术，吃蛇为什么不也应该受到赞许呢？

大抵一种新东西的尝试，总需要经过一番提倡。今天我们吃起来很普通的家禽内脏，欧美却是有许多人不敢吃的。今天我们觉得是家常便饭的马铃薯，起初从美洲移植到欧洲的时候，却是经过艰苦推广，人们才吃起来的。还有，甲地习以为常的食品，乙地的人常常视为怪异。像北方牧人喝骆驼奶，马来亚人吃大蝙蝠，巴黎人吃蜗牛，北欧渔人喝鲸乳，人们起初听到时总是觉得很奇特。但细想起来，这有什么不可以？这不是一种征服自然的表现么？以华南的燠热，如果没有这种吃蛇的风气，蛇类更不知道要繁殖到什么地步了。听说旅顺地区的人民因为不敢吃蛇，把蛇当做"白龙"，弄得附近海面出现了一个蛇岛。我就觉得更应该把蛇肉的美味告诉其他省份的朋友了。如果，有人觉得吃蛇是荒诞不经的事情，我想，那不过是人们通常对于新事物疑惧的习性的表现而已。

1957 年

彩雀鱼的世界

在街市上，时常可以见到贩卖金鱼、热带鱼的小鱼摊，吸引了许多大大小小的顾客。随着大家经济生活的上升，现在买这些小玩意的大都是职工群众了。就正像现在的鸟摊、花摊的顾客基本上都是劳动人民一样。

在这些观赏鱼的摊子里，各种各样的鱼在水族箱里游泳，有近一千年前中国人民开始从鲫鱼里面选种培育起来，今天已经族类纷繁，成为世界著名玩赏鱼的金鱼，有遍身透明五脏六腑都让人清楚地看到的玻璃鱼、小神仙鱼，还有红剑、狮头、黑魔、珍珠种种名称古里古怪的小鱼，还有一种好斗的、听说原来产自越南、泰国一带的彩雀鱼。

我很想来谈谈这种彩雀鱼，它使人联想到旧社会里的某一种人。

这种彩雀鱼身上的颜色经常变化，它的正常的颜色是在白色中隐约显出金色和宝蓝色，样子比中国土产的斗鱼小巧矫健一些。它有一根葵扇形的尾巴，当打斗时就整个张开来，用力地扇水、仿佛要扇起"巨浪"来使敌手晕眩似的。

在一个水族箱中，只要有一条彩雀鱼，整个箱中就没有太平了。它一会儿咬神仙鱼的尾巴，一会儿咬红剑鱼的眼睛，它永远要向任何和它共处的鱼挑衅，水族箱里鱼多时，它要咬所有的鱼，箱里鱼少甚至仅另有一条时，它也必定要咬另一条。如果把彩雀鱼分开饲养，孤独惯了的彩雀鱼一旦相逢，就斗得更加起劲了。它们鼓起了鳃巴，张圆了尾鳍，全身紧张地进行打斗，彼此凶恶地想啄食对方的眼珠或脊鳍，嘴巴咬在一起翻腾上下。打败的鱼整条失去了光彩，变成惨白色或者满身起着褐色的斑痕；打赢了的就精神奕奕，那宝蓝色和金色的光彩是显得更加鲜艳了。

垂头丧气吃了败仗的彩雀鱼，如果立刻把它放到比它更弱小的同类的缸里去的时候，它的英雄气概又会复活过来。马上又是咬，又是斗，等到打赢时，身上黯淡的颜色又逐渐消失，艳丽的彩色又涌现了。另一条被打败的鱼碰到同样的情况，情形也是一样。

多好笑的鱼！多讨厌的鱼！多可恶的鱼！

但，长期阶级社会的陶冶，制造了一种人，性格也和彩雀鱼差不多。

在彩雀鱼的世界里，如果有哲学，那就是："我要咬周围的一切，吃周围的一切，我不能容许任何和平。或者我垂头丧气地生活，或者我骄横跋扈地生活，我不能有另外的生活方式。"一切反动阶级，一切流氓恶霸的生活哲学也是这样。

在水族箱前，我不禁想起了德国和日本军国主义者，他们是最穷凶极恶的角色，他们从前摆出了英雄的模样，而现在呢，最卑躬屈膝，最唯唯诺诺地服侍着美帝国主义者的，却就是这一小撮人物。

我们也不禁想起了资本主义世界的哲学，他们的信条就是"大鱼吃小鱼，小鱼吃虾仔"。就是"拉着任何人的腿把他摔下来，然后自己爬上去"。在这些国度里，正有许多家伙出卖了自己的父母、妻子、儿女、亲友，出卖了人民、国家，爬到高高的位置上去，并恬不知耻地宣传自己的"奋斗史"。

我们也想起了形形色色的流氓，他们声势汹汹地去欺凌比他们弱小的人，而当碰到比他们更有势力的头子时，他们就会在一刹那间堆起满脸的笑容，连连打躬作揖喊着大爷，做着手势说要挖掉自己的眼珠，甚至打起自己的耳光子来。

这一切反动阶级中的人物，以及受这些阶级思想陶冶得变了形的人，我们从他们的世界里看到了彩雀鱼的世界，也从彩雀鱼的世界里看到了他们。

长期阶级社会所冲积、所流传的坏思想，那最坏最坏的就是"尽可能骑到一切人头上去作威作福"的思想；最严重的受这种思想支配的人，已经一个个退化到野生动物的水平上，退化到彩雀鱼的水平上。在他们的脑子里，甚至不相信这世界有什么正义、友爱、真理和是非。

人民世界里的国与国之间、民族与民族之间、人与人之间的崭新的关系，建立在消灭剥削、团结互助基础上的人类新的关系，那"天涯若比邻"的友爱，哪里是彩雀鱼似的家伙所能够了解的呢？但是我们洞知那旧世界的一切遗物的丑恶，却正像我们站在水族箱前看那一群彩雀鱼的把戏一样地清楚，我们知道那些丑剧是怎样产生的，也知道它将怎样死亡。

1951 年

南国花市

"春风摇荡自东来,折尽樱桃绽尽梅"。暖融融的春风一吹,大地上就到处花开了。这时节,很使人想起中国古代那些"一县花""芙蓉城"之类的传说,广州春节前夜的花市,比历史传说的境界还要美些。这些年我住在广州,每年一度的花市,总是非得去挤一挤流几滴汗不可。这一夜,似乎许多广州人都有佛教所说的那种"拈花微笑"的风度了。

广州是一个终年都有花开的城市。木本中的紫荆,草本中的剑兰,我真不知道它们究竟什么时候不开花。小小的花摊平时是到处密布的,但是大规模的花市却只是一年一度。唯其是一年一度,气派可就更好看啦。地理环境使广州最先地迎接春风,在全国各个城市中最先地成为花团锦簇的城市。因为那道使人想起了温暖的北回归线就在广州北面不远穿过!记得苏联文学作品中曾经提到他们那里有一种花叫做"报春花"(和中国一些地方称为"报春花"的木兰不同),开的是一个个小铃似的花朵。俄国民间传说认为春风一吹,这些田野的小铃就摇起头来,呼唤大地道:"开花啦,开花啦,春天来了。"广东有一种特产的名花叫做"吊钟花",每一个花苞里面能长出十个左右的倒吊的小钟儿似的花朵来。仿佛它们也是春天的使者,敲着它们的小钟儿报告春讯,于是,鹅黄嫩绿、万紫千红都苏醒过来,倏忽间大地就披上花巾了。

广州的花市共有三个地方,把它们前后连接起来,恐怕有几里路长。这些成为花市的地方,是很有点历史渊源的。例如在中国近代史上很著名的"十三行"附近,在古代放置"铜壶滴漏"的双门底(现在的永汉北路一带),在从前朱门大户集中区的西关,就每每有一个花市。在临近春节的三两天,这些地方沿街搭起了花架,那模样儿很有点像马戏的看台。沿架置满花卉果树,使这些竹架一列列变成了"花墙"。街道也就一条条变成了"花街"。人们高举花束在这些花街中穿来穿去,又形成了一道"花流"。春节的前夜,就是农历的除夕,花市的热闹景象达到了高潮。这一夜,看花的,买花的,摩肩接踵,一直闹到天亮。几乎全城的大多数人,像乡村人家赶集似的都跑来看花了。

从前的人们曾经叹惜过"种花一年,看花十日"。在《今古奇观》中,古代文人借小说里人物之口,说过这样的话:"凡花一年只开得一度,四时中只占得一时,一时中又只占得数日。它熬过了三时的冷淡,才讨得这数日的风光……况就此数日间,先犹含蕊,后复零残,盛开之时,更无多了。"这些话是说得不错的。就正因为这样,广州的花市更加使人像踏进一个梦幻的境界似的,感到格外迷恋和赞叹。因为在这个花市里,同时陈列的盛开的花总有好几十种。原来在秋天开的,花农使它延迟在这一两天开。原来在暮春开的,花农又催它提前在这一两天开。那景象,颇使人想起中国神话中的"司花使者"一夜中使群花尽放的杰作。在花市里，"幽香淡淡影疏疏"的梅花、"卧丛无力含醉妆"的牡丹、"丰肌弱骨要人医"的芍药、"毫端蕴秀临霜写"的菊花、有"凌波仙子"美号的水仙、"淡染胭脂"的桃花、古雅一如宋画的茶花、摇着许多小钟儿的吊钟花、香得离奇的"含笑"、从下端开花开到顶端的剑兰和彩雀、端庄的玉簪、妖冶的玫瑰……花样儿真是多极了。南国花市的另一个特色是有许多结实累累的果树同时陈列着。这就是金橘、橙子、朱砂橘、人心果之类。种得好的金橘，有一株结果在百枚以上的。花花卉卉排列得多，使人想起各种各样的花卉似乎也各有性格，它们有刚强的，有软弱的，有庄重的，也有撒娇卖俏的，它们给人的幻想不一定和少女们联系在一起，它们也使人想起其他的人们。小葵树使人想起恬静严肃的中年人，仙人掌类植物使人想起饱经风霜的铁汉，剑兰像是女体育家，鸡冠像是摇大葵扇插大红花的媒婆……

在花市挤来挤去，那风趣是很难形容的。对春节这一类的节日，一种古老的美妙的感觉似乎一直钻进我们的微血管里。那种气氛是我们全民族所共同感受的。表面上，人山人海在看花，而在人丛中似乎总有一个声音在响着，那是迎春的声音，互相祝贺的声音，那是背诵唐诗或者先哲格言（例如"一年之计在于春"之类）的声音。它使人在这种气氛中唤起一种强烈的民族感情。年轻时代一到春天来了、人家燃爆竹、插梅花就有一种暖融融的感觉。从前以为这不过是春天来了，爱情的酵母在血管里作怪的缘故，其实这是不尽然的。那是节日唤起的民族生活感情。在花市里，一个人对周围的一切，是显得多么地熟悉和水乳交融啊。

在这样的日子里，同时有许多卖古董的、卖瓷器的、卖字画的、卖金鱼的摊子一齐出现了。品种纷繁的花，品种纷繁的金鱼，哥窑、钧红、天青、粉彩……的瓷器，一起给人贺节来了。那是多少人在多少世代中劳动的结晶，一种多么深厚的文化积累啊！在花市里，举着一束花、肩着一枝吊钟慢慢走回家去是悠闲享福不过的事。这些年来看到大家都能够这样做，更是一种快乐的事。在那场合，人是很容易想到诗的，我就写了这么几句：

> 银夜花街十里长，
> 满城男女鬓衣香。
> 人潮灯下浑如醉，
> 争看春秧初上妆！

1957 年

思想战场备忘录

战场上，除了阵地战之外，还有游击战、坑道战、斥堠战种种形式的战争。在思想的战场里，我想也没有例外。

在历史上，在生活里面，有许多表面上看似无关紧要的事情，实际上都体现了各种阶级思想的激烈斗争。

最近看到人们在纪叙一些辛亥革命以前的事情，提到清末有些省份的乡间，村童们流行着"捉孙文、捉黄兴"的游戏。一两个人扮中山先生和黄兴，其他的孩子就纷纷来捉。我想，那时候偏僻地方的村童，根本不会懂得中山先生是谁，一般的乡民也不会想出这样的游戏。不用说，这是清廷走狗们想出来并且加以推广的花样。这样一种儿童游戏，已经体现了清廷官吏对于革命者中山先生的咒骂和对于儿童的麻醉了。

和这种游戏刚刚相反，清末广东等地流行一种三个指头的游戏。一个指头代表百姓，一个指头代表官，一个指头代表帝国主义洋鬼子。游戏的规则是：洋鬼子怕百姓，百姓怕官，官怕洋鬼子。各个手指都有输赢的对象，出指互定胜负。这个简单的游戏，告诉人们清廷的腐败，启发群众的自信心，同时揭露了官吏和帝国主义者勾结的本质，含义是很深远的，这样的游戏也绝不是什么儿童们自发进行的。很大的可能是反清志士们所倡导的。在这个游戏中体现的是当年志士们对于历史形势的认识，和对于唤醒群众的努力。

像这一类的事情，是可以举出很多很多的。

写《水浒》的施耐庵，写《三国演义》的罗贯中，由于他们的书揭发了封建社会上层人物尔诈我虞，穷凶极恶的嘴脸，憧憬着人道主义的政治或者歌颂了聚众起义的英雄，他们获得了群众的景仰。然而封建士大夫们却厌恶他们，因此，在上层社会中就有"少不看《水浒》，老不看《三国》"的训诫。"上层"人物还造了这样的谣言，说罗贯中因为写了《三国演义》，子孙三代都哑了。

和这样的事情刚刚相反，有些代表封建势力的人物，被封建帝王尊为贤人的偶像，却被群众作为嘲弄轻蔑的对象。《白蛇传》中的法海和尚，是封建威权的象征，在传说中还是胜利者。然而浙江一带的人民偏偏把淡水蟹壳里那一团略具人形的脏腑叫做"法海和尚"，表示对这个和尚的憎恶。不食周粟饿死首阳山的伯夷、叔齐，被封建社会上层人物当做贤人，然而许多群众却对他们的行径不以为然，有许多华侨到马来亚去，把当地出产的一种猩猩称呼做"伯夷、叔齐"。这真是对传统思想开了一个大大的玩笑。

像这样一些传说，一些口头的毁誉，不一定笔之于书，然而它们却尖锐地体现了各种阶级人物思想的斗争。

在中国，同样一个民间故事，却常常流传着两种不同的讲法，像牛郎织女的故事就是一个例子。那种说牛郎织女因为相恋受到天帝的无理惩罚的讲法，表达了群众对牛郎织女遭遇的同情。那种说牛郎织女相恋后因懒惰受到天帝谴责的说法，却代表了士大夫们对家长制的讴歌。在这种场合，进行思想斗争的双方有时甚至是完全不露面的。

有人写了《水浒》来揭露朝廷的腐败，就有人接着写《荡寇志》来咒骂起义者终归灭亡。有人写了《红楼梦》来控诉封建社会的罪恶，就有人接着写《红楼圆梦》之类的东西来歌颂"一切都安排得不错"的社会秩序。表面上看来，后人还是给前人写续集，怪好感似的；实际上，这正是一场偷天换日的丑把戏。

历史上多的是这样的事情，现实里更多的是这样的事情。

当服膺社会主义的人们努力宣传科学的东西，宣传集体主义的时候，国际资产阶级却拼命在宣传主观的东西和个人主义。他们的宣传品不一定全部大谈反共反民主。相反地，有的还"超然"得很，专门登大腿照片的，专门谈吃喝玩乐的，鼓吹个人奋斗的，宣传不必对集体负责任的个人自由的……一份份这样的出版物构成了他们的宣传网。因为他们很清楚：一切个人主义的东西都是有利于资产阶级的统治的。

全世界最大的领事馆，美国在香港的领事馆正在大量投资出版这一类的东西，同时也投资到制片场里拍摄一些专门宣传"江湖义气"（把小集团的义气放在一切人民利益之上！）的影片。这些事情和匈牙利事件中，"反革命分子十分小心地不提出自己的口号，但是却在不反对社会主义、相反却像是革命的口号后面偷偷地干"，和"躲在仍然可能影响人民各个阶层的一些不同的口号后面"等花样，都可以使我们深深地体会到各种斗争，包括思想斗争在内的错综复杂性。

这种情形使人想到：一个无知的人有时很容易变成野心

家的工具，一个政治上的庸人有时尽可以堕落成为敌人的猫脚爪。听说有些地方又有人觉得"政治学来学去都是那一套"了。难道真是这样简单吗？人活着，吃饭没有停止的时候，警惕性和政治思想水平也没有满师的时候。在思想战线上，有时形势是这样地复杂，它需要我们多么冷静地来辨别一切，同时又需要我们多么严肃地来运用我们得之不易的宝贵的民主权利！不用说，更需要我们英勇地为社会主义思想进行多么积极的斗争！

1957年

智慧的父亲

《人民日报》的社论《关于中小学毕业生参加农业生产问题》是一篇十分警辟锐利的文章，里面有力地批判了一切轻视劳动、轻视劳动人民的错误思想，说明大多数中小学毕业生必须参加农业生产的道理。这篇社论不仅对于一切年轻人是重要的，对于年纪较大的人更是重要的，不仅对于中小学毕业程度的青年有教育意义，对于专家学者们也是有教育意义的。

社论里面深刻地分析道："现在的青年学生还没有摆脱中国知识分子历来就有的骄傲自大的劣根性的影响，以致他们在新中国的学校里受了多年教育，还不懂得尊重劳动和劳动人民，甚至还在劳动人民面前摆架子。"社论接着引述毛主席的话道："有许多知识分子，他们自以为很有知识，大摆其知识架子，而不知道这种架子是不好的，是有害的，是阻碍他们前进的。他们应该知道一个真理，就是许多所谓知识分子，其实是比较地最无知识的，工农分子的知识有时倒比他们多一点。"

这些话，深深启发了人们。这里说的"比较地最无知识"的人有许多，但不是指的全部的知识分子。有一部分和工农结合得很好的知识分子，实际上已经抛掉了那个历史遗留下来的烂包袱。这些年来，我就亲眼看到不少农学教授向农民虚心求教，许多专家诚恳地向体力劳动者学习知识的事情。

我们社会里确有一批知识分子，以为从书本学来的才算是知识，不识字的人就是"没有知识"，因而大摆其知识架子。这一部分人，因为连劳动人民创造和积累了知识这样最起码的道理都没有弄通，因此道德品质上的缺陷（如轻视劳动人民）就始终不能克服。而且这一部分人也往往是最无知识的。

我知道有一个"知识分子"，他看到猪肚子不知道是什么东西。我还知道有一个"知识分子"，他不能分辨东西南北。像这样的事情，绝不是很个别的。有时自己不禁常常这样想：采用正确的词语来表达事物并不是容易的事。例如，社会里实际上有许多不识字的很有智慧的知识分子（如一些老农、老渔人、老猎人），又有一些认得许多字的无知识分子。在这种情形下，要找到合于习惯的称谓有时就很困难。

事实上，体力劳动者不但是一切物质文明的父亲，而且是一切精神文明的孕育者。这道理，过去的反动统治阶级竭力在掩盖着，唯恐劳动者一旦明白个中真相，他们的反动统治基础就要更加削弱。某些被蒙蔽的劳动者也以为不认识字就是"毫无知识"，只有记载在书本里的才是知识。这样就把知识学问的范围大大地缩小了。记得从前读过一篇外国作家的短篇，题目就叫做"劳动者"。内容是刻画一个苦力的生活、形貌、心理的。那作者故意写道："他被认为是一个无知识的人"。接着就赶紧描述道："他知道某块地能生产多少谷麦，一条牛一天能耕种多少土地，他几乎认识山里和田里的一切草和一切植物，他还会造茅屋、编筐子、捕鱼、看气象……"后面一连串的话显然是在刻画这个劳动者是一个富有学识的人。作者借这些话对那些以为没受过学校教育的就是愚昧者的观念作了强烈的讽刺。世间一切学问都不会超过生产斗争和阶级斗争的两大范围。只有劳动者才是直接积累生活经验，创造人间智慧的人。不过在反动阶级统治的社会里，劳动者被剥夺了学习的机会，很少可能接近文字，因而难于读到人类劳动生活经验积累的学识的记录，而一些饱食终日占据这些劳动成果的人，就"夜郎自大"，以为自己才是最有学问的人罢了。事实上，大群的劳动者即使未接近文字，但由于深厚的生活实践，也仍然具有丰富的生活知识。只是这些知识，不见得都曾记录于文字，也未必形成很完整的系统罢了。古代的中国，老聃所说的"大智若愚"，著名僧人惠能所说的"下下人有上上智"，都已经在若干程度上揭示了这一真理。当一个人稍为深入一点接触群众生活，就会知道：有的渔夫爬上桅顶看水色，伏在舱底听水声，就能够辨别鱼群的数量和踪迹；有的老农看一看土色，就知道地下有没有水源，随便望一望天边，就能够知道晴雨变化；有的猎人看地上兽类的脚印，就知道那是属于什么种类和重量若干的野兽；有些工人，观察金属溶液的热度，竟和仪器一样精确。面对着这些事情，一个人怎能不为劳动群众的智慧而惊叹呢？世界上没有一种真正的学问不是劳动经验的积累。由于要记录和改进生产活动，才创造了图画和文字。由于劳动者从下而上的推动，才有了文字的改革演变。由于从事劳动和庆祝收获，才产生了诗歌和舞蹈。由于农事上的经验，才产生了历法。由于航海，产生了天文学。由于炼金术的发展，催生了物理和化学……像这一类的例子，是不胜枚举的。而且，不论在任何时代，精神文明的发展都得紧紧依靠物质生产基础。医生们有一句谚语叫做"没有磷，没有思想"。套用这个道理，我们可以说："没有物质生产，没有文化"。体力劳动者，就其整体来说，是一切智慧的父亲。那些认得几个字，就胆敢轻视体力劳动，轻视劳动人民，摆知识架子的人物，细想起来，那脸谱是何等地可笑！

旧社会已经崩溃了，但是旧思想的暗堡还到处存在着。炸毁这些暗堡，不让年轻人做它的俘虏，"知识和劳动结合"才能够加速地实现。

1957年

献身真理的严肃精神

一

"百花齐放,百家争鸣"这一发展文艺科学的方针,获得了广大知识分子的热烈拥护。近几个月来,学术界朝气蓬勃的景象是与这个方针的提出分不开的。

提出科学研究上独立思考、自由讨论的"百家争鸣"的方针,对于学术工作者来说,是意味着推动我们进行社会主义劳动竞赛,要求我们进一步发扬献身于真理的严肃精神。我这里想着重谈的就是热爱真理、献身真理的问题。因为这样一种精神,对于任何一个部门的学术工作者来说,正像空气和水对于生命一样重要。

我们现在的"百家争鸣"在性质上不同于春秋战国时代、西欧文艺复兴时代那样的"百家争鸣"。这种"争鸣"应该是为了追求真理,为了服务于社会主义建设,不是为了"驰骋个性",也不是为了"立异鸣高"。唯物主义者相信自己为了真理，固然应该"鸣"，唯心主义者如果认为自己是站在真理方面，也可以"鸣"，并在这个争鸣中找寻出真理来。争鸣的人，见解尽可相差十万八千里，但却不可不有这个追求真理的决心和意愿。

历史上优秀的学者们献身于真理的精神是使人异常感动的。"神灭论"的作者范缜，在一千多年前那样迷信势力高涨的时代，就不懈地坚持他的无神论，一切打击迫害都不能使他动摇。伟大的药物学家李时珍，为了研究一种榆树变种所结的果子"榔梅"，不惜冒着皇室禁令，冒着生命危险，采摘回来试验。伟大的生物学家米丘林，则是在"你把上帝的果园变成了妓院"的咒骂声中坚决进行他的研究的……在人类逐渐认识真理的长途中，闪耀着无数这类先驱者的生命的光彩。

马克思和他的女儿曾经有过几句很精彩的问答：

"你最珍贵的人品是什么？诚朴。

你的优异的特点是什么？目标一贯。

你对幸福的理解是什么？斗争。

你认为什么是不幸？屈服。

你最憎恶的缺点是什么？阿谀奉承。

你最欢喜的格言是什么？人类的一切在我都不生疏。"

在这些答案中，刻画出了一个伟大人物的崇高精神。在马克思看来，不断地找寻真理，诚朴地进行目标一贯的斗争是高贵的品质和幸福的生活。牺牲真理，低头屈服，唯唯诺诺，阿谀奉承，则是不幸的和最可厌恶的。

提倡"百家争鸣"，一定得高度发扬这种献身真理的严肃精神。有了这样的精神，加上辛勤的劳动，是一定可以出现"百家"，百家也一定会"争鸣"的。

二

热爱真理、追求真理的精神在我们的学术界中是不是很充沛？应该说：解放几年来，这种精神有了很大的发扬。绝大多数人基本上划清了社会主义思想和非社会主义思想的界限，承认科学的客观真理性，承认马克思主义哲学是对于客观现实的科学解释。这些事情本身就说明了尊重真理的风气的成长。

但在另一方面，我们也看到：权威崇拜、教条主义、明哲保身、枉直图私的风气在不少角落里还在潜滋暗长。

学术界还存在很多不良现象，例如：由于片面提倡批评，压抑了反批评，自由讨论的风气就十分薄弱。

由于要求"结论性"的东西，许多人的初步研究所得，根本不敢也没有可能拿出来。

由于有的人对"学习苏联"的了解存在着狭隘性和片面性，因此，在学习苏联当中，不少人完全缺乏质疑和联系实际的精神。到了那些学说在苏联国内受到批评的时候（如不久之前关于文艺作品的典型问题的讨论和李森科关于植物发育阶段学说所受到的批评），又表现得惊疑震动不已。

由于这种狭隘性和片面性，又使好些人离开了学习的正确方法。对于一些吸取资本主义国家自然科学的若干优点进行研究的学者，采取了粗暴批评和乱扣帽子的态度。这种情形影响到一些人畏首畏尾，产生了唯恐"挨骂""挨整"的心理。

在文艺理论上，也存在着强调主要的一面，忽视次要的但是不可分割的一面等偏向，例如强调思想忽视技巧，强调生活忽视幻想（生活经验积累的升华）等等。有一个时期，错误的

"无冲突论"的思想几乎占据了权威的地位。

像这一类的事情，是很不少的。

绝对化、片面性、教条主义、无冲突论这些东西，本身就和马克思主义的认识论不能相容。

客观世界是无限丰富和复杂的。因此，认识过程也是十分细致和复杂的。把这个过程看得简单化了，就不可能掌握客观事物全面的、具体的真理。

教条主义和经验主义者所以难于掌握具体真理，因为这实际上是以一种极其懒惰的态度来妄图认识极其复杂的事物。

权威崇拜之所以可笑，就是因为世间根本没有无所不知的权威。一切现象都按辩证法的一般规律在发展，但同时每一种具体事物又各有自己的特征、特点。"寸有所长、尺有所短"，这句话就很好地说明"权威"有时在认识上也会居于劣势。

在学术问题上，有时真理并不一定在多数的一边，一些虽然很流行的、但未经严格考验的观念也可能是十分错误的。"地动说""进化论"，当它们刚刚出现的时候，倡说者就都曾经是少数派。

科学问题有时又有不能下结论的时候，有些结论必须等待时间和材料来完成。有时即使获得主要材料，但次要材料不足，问题仍然不能解决。两千多年前希腊人就知道太阳对于气候的重大影响，把太阳的照射度叫做"克里玛特"。但虽然知道这一点，却仍然不能解释复杂的气候现象。一直到二千年后，人类逐渐积累起关于地方纬度、高度、近海岸还是在内陆、树林、湖泊多少、风别、洋流等等的知识时，才比较能正确地解释气候现象。我们现在也仍然要碰到这一类问题的，例如中国奴隶社会和封建社会分期的问题，就是一个例子。

在科学问题上，有时一些虽然带有错误的见解，但是由于它具有"合理的内核"，对于文化的进步却仍有不小的价值。

客观世界既然是这样复杂的一个世界，应该怎样来发掘一切学术界的潜力来加以钻研呢？应该怎样发扬独立思考，克服把认识过程简单化的一切错误呢？应该怎样使教条主义碰壁，权威崇拜崩溃呢？应该怎样使马克思列宁主义的思想更光亮、更强烈地照到人们的思想深处呢？

提倡在文学艺术工作和科学研究工作中有独立思考的自由，有辩论的自由，有创作和批评的自由，有发表自己的意见、坚持自己的意见和保留自己的意见的自由的"百花齐放，百家争鸣"的方针，就给我们开拓了一条宽广的大道。

三

发扬"百花齐放，百家争鸣"的风气，也意味着要求我们批评风气的革新。

过去的批评工作虽然也发挥了不少的作用，但正如陆定一同志所指出的：令人害怕和淡而无味的批评，却是很流行的两种批评。

态度的粗暴和说理的粗疏、牵强，是许多"令人害怕"的批评的通病。一棍打死、乱扣帽子的粗暴的批评，绝不是对人民事业负责的。过去专制县官判处取人一文钱的人以死刑，判词是："一日一文，千日千文，绳锯木断，水滴石穿，杀！"像这一类的推理，是决不会使人心服的。

为什么不能改变批评风气，使态度谦和诚恳和说理的尖锐警辟相结合呢？

人们的见解有时有所长有所短，有正确方面，也有错误方面，为什么在批评时不能全面分析，而往往只是一棍扫去呢？肯定的赞扬和严肃的批判是完全可以结合的。马克思、恩格斯对黑格尔、费尔巴哈的批评，列宁对托尔斯泰的批评，斯大林对普列哈诺夫的批评，中共中央对斯大林的批评就给我们作出了光辉的榜样。

在提倡"百家争鸣"的风气的时候，我想，一方面固然要反对把"鸣"当做一件了不起的大事的那种奇特的态度，另一方面也要反对不严肃地对待这种事情的粗率做法。

有的学者提到"百家争鸣"时说："谁能对大的或较小的问题长期不倦地下刻苦功夫，谁就有可能经过数年而一鸣，或毕一生而一鸣，或师徒相传而一鸣，或集体合力而一鸣。这就是说，想在学术上一鸣，并不是什么容易事。"这样的提法有它对的地方，但把"鸣"看作只能是一种学派的建立、一本巨著的问世、一个伟大的发现、一种重要的科学发明，这未免看得太严重了！其实，这些固然是"大鸣"，但一项问题的讨论，一个观点的商榷，一项材料的整理……也未始不可算作"百家争鸣"之"鸣"。把范围定得太狭窄，是不利于发扬我们今日所要求的自由讨论的风气的。

但另一方面，我想也应当反对把一切对"百家争鸣"的善良愿望都当做清规戒律的粗率态度。郭沫若先生提出希望"争得好，鸣得好"。有人大加反对，说这样一来就会吓得人不敢鸣。甚至还有人说这是"废话"。这情形我觉得很奇怪。据他们说，只要"持之有故，言之成理"就行了。殊不知荀子的这八个字和"争得好,鸣得好"原本就是一致的。希望"争得好,鸣得好",不外是希望治学和争论中培养严肃认真的态度和追求真理的精神。这在任何时候都是需要的。

只要是辛勤劳动、追求真理的学术工作者,我想一定不会沉默。老实说,在学术讨论场中摔跤,比安然睡在躺椅上不动要好得多。

我们今天应该努力为"百家争鸣"培养风气。使人们普遍感到:献身真理、皈依真理是崇高的,不敢坚持真理、枉直图私是可耻的。凭招牌、凭资格吃饭,不尊重旁人的民主权利是丑恶的,不经过独立思考、附和起哄是可厌的……

巨人一样站立起来的中国,一定会到处都灿烂地开着学术的花朵,到处都响着为真理争辩的声音!

1956年8月

温室的法则

清人的笔记《池北偶谈》中记叙了这么一个故事：一个宰相的儿子因为过惯纨绔子弟的生活，弄得一事无成，父亲死后就过着十分潦倒的日子。一天，他提着一小包米走路，只走了几步就再也走不动了。只好请路旁一个人帮忙，谁料那人也是同样衰弱，一拿上手又是摇摇欲倒。宰相的儿子慨叹道："我是宰相的儿子，拿不了东西是当然的事，为什么你也是这样呢？"那人不慌不忙回答道："我是尚书的儿子，你拿不了的东西，我就拿得了么？"

这个故事是很幽默的。它深刻地指出了旧社会中那些纨绔子弟的无用。家庭生活越舒服，所受的溺爱越多，磨练越少，长成后就越变得软弱无用。这个道理是许多人都看到的。去年在资本主义工商业改造的高潮中，上海的工商业者化装游行，有的就扮演了某些资本家家庭三代变化的情景，一代聚敛发财，一代守着"父业"，再下一代就变成个"四大症"俱全的沦落者了。这一类事件也在若干程度上反映了某些家庭的变化规律。和《池北偶谈》那个故事是有共通之处的。

现在，社会制度改变过来了。许多家庭可以避免这样的悲剧了。但如果以为"家庭溺爱的温室培育出不长进的孩子"这样一种规律在新社会中不再适用，却未免太天真了。社会主义社会无论发展到任何阶段，人的品质总还是有差别的。有比较勤奋的人，也有比较懒惰的人。有集体主义思想比较强烈的人，也有比较自私自利的人。不止这样，社会主义社会也同样需要监狱来款待那些严重损害了旁人和破坏了集体利益的人。什么人有进监狱的必要呢？这里面就包括了那些溺爱的家庭培养出来的品质恶劣、破坏公共利益的人。

最近我读了《性格的形成》一书，里面翻译的是一些苏联人写的论儿童品质形成过程的短文。这里面有许多教育儿童成功的事例，也有一部分失败的经验。教养出不好的孩子的家庭，并不限定于哪一样的经济情况或者父母亲干的是哪一种职业。只要溺爱、迁就，孩子就会走上歧路。这种法则正像"价值法则"之类一样，总是要起作用的。那里面有一段话我觉得讲得特别好："像这样的'教育'（指迁就、溺爱），父母会给儿女以极大的、难以挽回的危害。多年的经验使我们深信，绝大多数懒惰的、成绩不好的、不守纪律的学生，正是从那些'为了儿女的幸福而给予他们一切'的家庭中出来的。在这些家庭里培养出来的，也就只能是懒汉和认为所有的人都该为他服务的自私自利者。"

这样的话，我想对于我们社会的某些父母应该是怵目惊心的吧！"为了儿女的幸福而给予他们一切"，不正是不少父母的做法？有这样的父母，自己曾经为集体的事业尽过一些力量，有了较高的位置，就让儿女坐小汽车上学，坐小汽车逛街。有这样的父母，以为在新社会中，自己的儿女再也不可能变坏了，因而就放松了管教。也有这样的父母，把自己降为单纯料理儿女饮食起居的保姆。还有这样的父母，不积极鼓舞儿女热爱劳动和献身为群的精神，让孩子在家庭里过着少爷小姐的生活。这一类家庭的子女，将有相当的部分要成为"懒汉和认为所有的人都该为他服务的自私自利者"队伍的成员，是没有什么疑义的。社会制度怎样好，也不能保这个险。

正在努力用社会主义的道德品质教育儿女，使他们成为未来的正直的劳动者的大量的父母亲是值得尊敬的。对于那些高枕无忧地纵容儿女的父母亲，我想还得提醒他们忧虑一下。高尔基说过类似这样意思的话："爱子女，这是母鸡也会的。至于教育儿女，就不是那么简单的事情了。"希望变成上面提到的那条"法则"的牺牲品的孩子，将来越少越好。

1957年

民族统一语的热爱

和亚洲的民族主义国家的朋友们见面，你会深深地感到，民族独立的尊严感随处流露在他们的声音神情中。他们对于帝国主义的痛恶，对于民族独立的更进一步的巩固，那种感情和愿望是这样地强烈，使你一接触到这些朋友，就很自然地会想起他们那些英勇斗争的故事来。

这些国家的朋友们，在他们的许多愿望中，有一种就是渴望民族统一语的形成和推广。不久以前缅甸的作家协会主席到广州来，他本来能操极其流利的英语，然而他不愿说，仍然通过翻译，用缅语和人们交谈。后来谈到语言的问题，他说缅甸许多知识分子都会讲英语，然而大家都耻于讲它，许多作家也已经不愿意再用英文写作和出版书籍。最近我们又接待了一批锡兰友人。一位儿童文学作家很兴奋地告诉我，他们正在努力写作锡兰文的书籍。从前锡兰文的著作发行量是很有限的，但近年来情形改观了，他们现在已经完全不用英语，而专用锡兰语写作了。他说他们正在努力推行锡兰的民族统一语。

印度的语言是著名复杂的。流行最广的一种语言是印地语，但也只在全国七分之一人口之间通行。因此，在印度，某一地区著名的作品，另一地区的人常常一无所知。有些大城市里的厕所，表明男女的字样时常要用好多种文字，有些索性画上了男女的头像。一些印度朋友谈起这种情形时总表示很遗憾，他们正努力把印地语推广成为国语。

当一个国家没有独立的时候，对于民族统一语的要求也许还不觉得怎样地强烈。当民族得到解放，百废待兴的时候，人们就自自然然更渴望和热爱民族统一语了。因为这样一种全国通行的语言，和一切部门的建设都有密切的关系。不可能想象：互相不懂得对方语文的人们，能够很好地沟通意见，能够很协调地配合工作。上面提到的这些东方国家的朋友们，当他们听到中国这么一个六亿人口的国家，汉民族的统一语流行于这么广大的地区，一些方言区域的人们也能够看得懂共同的文字的时候，他们眼睛里流露出来的惊异和赞叹的神情，我们是很容易体会的。

除了少数民族的地区以外，广大的汉民族地区，有这样一种流行的普通话，这真是我们的幸运！较普通话流行的区域更广泛，我们有这样一种通行全国的文字，这更是我们的幸运！中国从来没有一个时代像现在这样对民族统一语感到这样迫切的需要，也从来没有一个时代，具有迅速形成民族统一语的这样有利的条件。看到东方许多国家的人们那么热爱和追求自己的民族统一语，我们会格外觉得我们每个人对于民族统一语的发展负有怎样的责任。

现在各个方言区域都在提倡普通话。普通话的发展不仅是进一步从事文字改革的重要关键，而且还和我们一切方面的建设息息相关。我想每个人在这方面，都是很可以做点事情的，正像老舍先生所说的：应该把这当做一项政治任务来看待。

每个方言区域的人们，应该鼓起更大的学习和传授普通话的热忱和勇气。

少数民族的知识分子，除了掌握自己民族的语文外，似乎也很需要学习全国通行的语文，这就正像苏联各民族都学习俄罗斯语文一样。虽然在苏联，有的只有几万人口的少数民族，也已经有了自己的语文。

一切写作的人，不管是住在北京语系区域的，还是住在各种方言区域的，在拿起笔来给各地的人们写作的时候，最好都避免写上某一区域的人才懂得的方言土语。这不仅是对宁波人、广州人、客家人的要求，同时也是对北京人、西安人、长春人的要求。因为虽说我们已经有了一种普通话，实际上这种话并不完全等同于任何一种方言。即使生长在北京话流通区域里的人们，任意写上自己的方言都是使人头痛的事。例如马铃薯，最好我们大家在文字里提到它的时候都讲"马铃薯"，而不是我讲荷兰薯，薯仔；你讲山药蛋，土豆；他讲洋芋，山芋。我想大家都注意这些，不仅是互相方便，而且也大大有助于民族统一语的发展。

至于那些"太妃"（糖果）"戟"（饼）一类的怪词儿，还得请某些人高抬贵手，不要让它们老是盘踞在我们的商店橱窗和食物标贴上，这些词儿我想是很易使人神经衰弱的。

看到其他东方国家的人们那股追求和热爱民族统一语的劲儿，我想生活于正在建设社会主义的伟大国度里的我们，每个人对于我们共同语文的发展，肩膀上是都有一份责任的。

1957年

谈礼节

"礼节",当这个词儿具有新鲜的内容和正确的涵义的时候,它真是个光辉四射的可爱的字眼。它使人想起了人类的文明,想起了生活的温暖,想起了人与人之间的各种美好的关系。

当一个人到朋友家里访问,受到了诚恳的接待;一个旅行者到不认识的人家去投宿,受到了热情的招呼;一个老者在路上乘车搭船,到处受到旁人的协助和照顾;一个前辈长者受到年轻人尊敬和关心的时候,他们怎能不感到温暖呢!

人民是渴望过互助友爱的生活的,因此在人民中间存在着优美的礼节的传统。这种待人接物的礼貌,我们可以从孙中山、鲁迅先生等人的事迹中,可以从我们许多卓越的革命领导人物身上,同样也可以从许多善良的人身上看到。

孙中山先生,对一切善良的人都是礼貌极其周到的。保卫过他的卫士,看护过他的护士写的回忆录,都记叙过这一类的事情。在他病重的时候,护士每次递药给他,为他服务,他从没有忘记说"谢谢"。鲁迅先生对于每一个来访者都真挚地接待,并很尊敬自己的母亲,也是许多人所熟知的。不可能想象：一个热望人与人之间平等友爱相处的人会忽视对人应有的礼貌，这些先驱人物有这种表现，应该说是很自然的事情。

但并不是所有的人都很懂得这道理的。有一些人，还根本不知道礼节的意义，有一些人，只希望别人对自己有礼，自己对别人却不注意讲礼。还有一些人，由于根本缺乏尊重旁人的思想感情，对人完全没有礼貌。又有一些人，把礼节当做是迂腐的事情，把无礼当做豪爽……正因为这样，在不少角落里，我们都可以看到许多没有礼貌的事情。有些人，在公共汽车上碰到老弱妇孺上车故意掉头看窗外，装做没有看见，决不让座。有些人，到戏院看戏一定要把脚伸到前面观众座位的椅背上。还有些人，见到同事亲友以至师长都懒得打招呼，连头也不大点。听说上海有些大学生到教授家里去，教授请他坐，泡茶招呼，有的青年学生不但不道谢，还仰卧在沙发上，跷腿和教授讲话，使教授很生气。这些没有礼貌的事情有时在某种群众场合甚至表现得十分严重。以致有时在一些演出或集会上，会场里的扩音器总要不断地向群众说这样的话："大家要遵守秩序进场，演出的时候不要戴帽子，不要只穿一件背心，戏没有终场的时候不要离开，当演员谢幕以后大家才好散场……"这种临急抱佛脚式的教育，不正是我们的社会生活里某种缺陷的反映吗？像这一类的现象，和我们今天社会的发展方向，和我们今天所要求的社会主义的道德品质是格格不入的。这种现象是旧时代的不尊重不关心他人的意识的反映，而绝不是什么新社会的产物。

每个时代都有那个时代所要求的礼节，对于统治阶级来说：适合于自己要求的礼节也正和法律、政治、艺术……种种东西一样，有巩固统治的作用。因此，历史上，封建阶级有封建阶级所要求的礼节，资产阶级有资产阶级所要求的乱节，到了无产阶级领导一切劳动者取得了政权以后，也同样地需要发扬自己所要求的人民的礼节，以便和新的社会秩序相适应。

礼节为什么有和社会性质相适应的意义呢？如果我们看一看各个时代的统治阶级对礼节的要求和它所发生的作用，就明白不过了。

在中国周代的书籍里面，在孔子的语录里面，我们经常看到一个"礼"字。周代的"礼"定得详备极了。它不但规定了当时的社会制度，各种人的权利义务，继承关系等等，还规定国家的组织形式、各级政治机构、军队的编制，族长与族人之间、父子、兄弟、夫妻之间的关系，各级人等婚、丧、宴、会的方式等等，这一切都用一定的礼仪表示出来。每个人如果不按一定的礼制，一定的身份办事，在当时就被认为是大逆不道的"僭越"的行为。

在封建地主阶级政权巩固的时候，这些礼制是维持得安安稳稳，只有当政权动摇的时候，"僭礼"的事情才能够不断发生。

这些"礼"是怎样和政权秩序相适应的呢？我们只要举出一桩事情来看看就行了。例如那个时候，规定祭祖先，各种身份的人有各样的排场，在家庙里致祭的时候，要用乐舞工来歌唱和舞蹈，各种身份的人用的乐舞工数目是一定的。天子用"八佾"，八佾就是队伍纵横都是八人，八乘八，就是六十四个乐舞工。诸侯用"六佾"，就是三十六人。大夫用"四佾"，就是十六人。士人用"二佾"，就是四人。鲁国的正卿季平子僭用周天子的礼制，用"八佾"在家庙里祭祖先，孔子就非常生气，认为是难以容忍的事情了。

在这种严格的"礼制""礼仪"里面，我们不是可以看到它的一种很显明的作用吗？那就是用它来维系和巩固当时的社会秩序。借助这种礼制的约束，使每个人不做"僭妄"的事情，以安定那个宝塔状的封建社会的体制。在中国悠长的封建社会分段，区别身份尊卑、一级级地维持家长制和领主制，始终是那个时代"礼"的主要的内容。

资产阶级倡导虚伪的民主，鼓吹自由主义，宣传有产者的优越身份。所以在资产阶级社会，提倡有利于资本主义社会秩序的个性自由，鼓吹推销员哲学，教人奉承有钱人以博取其欢心。同时推行"绅士礼节"，绅士们向人说着文质彬彬的话，但是却态度高傲矜持，以显示自己绅士的优越地位。在这种社会中，正如《共产党宣言》里面所分析的："资产阶级在凡是它已达到统治的地方，把所有封建的、宗法的和淳朴的关系一一破坏。它无情地斩断了那些把人们系缠于其'天然尊长'的复杂封建羁绊，它使人与人之间，除了赤条条的利害关系之外，除了冷酷无情的'现金交易'之外，再也找不出什么别的联系了。"资产阶级的社会使封建的礼节大大地崩溃。然而资产阶级那一套市侩主义的礼貌，它之与资本主义社会秩序相适应，和封建阶级的礼貌与封建社会秩序相适应的道理却是一致的。

一切剥削阶级所提倡的礼节，由于它的偏私的要求，所以就难免不充满了虚伪性。当面称呼老爷先生，背地里骂"老不死""混账"的事情在那种体制下层出不穷。剥削阶级提倡的礼节，好些部分是不近人情的，尤其在封建社会，"礼"常常是用严刑峻法来维系的。像著名的《唐律》对于对下辈犯罪的尊长办罪极轻，对于"冒犯"尊长的卑幼办罪极重。规定詈骂父祖的人要杀要绞；听到父母逝世不哀哭的流戍二千里；在祖先坟上焚火熏逐狐狸，也得判二年徒刑；居丧生子，徒刑一年；居丧中遇乐驻足倾听，也要杖一百。就是显著的例子。同时，剥削阶级的礼节又常常有它的繁琐可笑的地方。例如清代流行的见上司不能戴眼镜的礼节，一直流传到民国初年，害得许多人上朝时像瞎子一样。民国初年许多近视眼议员见"总统"多次，也不知"总统"是个什么样子，就是因为有见上司不能戴眼镜的礼节。

但是在一切历史阶段中，由于有劳动人民存在，就有劳动人民的礼节和剥削阶级的礼节并行着。剥削阶级的礼节是繁琐的、虚伪的甚至残暴的，人民的礼节却是素朴的、真诚的和敦厚的。而且即使是剥削阶级曾经习用过的某些礼节，在他们是虚伪的，在劳动人民身上却尽可能灌输以新鲜的真挚的内容。而且这些礼节，单就其形式而论，有些甚至是很优雅的，表现了人与人之间美好的关系。如对长者的尊重，对妇孺的照顾，麻烦别人时懂得道谢，在公众场合的庄重举止等。不管剥削阶级在采用这些礼节时会有多少的虚伪性，然而这却仍是一种优雅的礼节形式。所以有不少传统的良好礼仪，我们是应该继承和发扬的。

我们必须提倡和我们的社会制度相适应的礼节，这种礼节不仅要使人民之间相处感到温暖，同时，它还应该具有提倡共产主义道德品质，巩固我们的政治经济制度的寓意。我们要建设的是社会主义社会，我们要提倡"一人为众人，众人为一人"的集体主义精神，因此，在人民内部，一切对人不尊重，不友爱，傲慢无礼，冷淡自私，逃避对集体责任的行为都是应该受到批评和谴责的。一切表现集体主义精神的行径和优美礼节都是值得提倡的。一个对人毫不友爱，傲慢无礼，逃避对集体责任的人，即使他在某些方面很积极，有谁能说这样的人具有真正的社会主义觉悟呢！

应该发扬人民的优美的礼节！应该克服关于礼节问题的种种糊涂观念！

首先，要反对那种以为礼节是"封建一套"、资产阶级的花样那样的一种观念，因为像上面所说的，人民有人民自己的礼节，而且旧的礼节也有许多可以批判吸收的东西。再没有比人民已经取得政权的今天更需要发扬礼节的时代了。因为在这样的时代，真正合理的，作为人与人之间平等友爱相处的表现形式的礼节，获得了它成长的最好的土壤。

我们也要反对那种以为礼节是虚伪、做作的错误观念。虚伪的礼节，两千多年前的孔子，也已经看出它的没有价值了。孔子说："人而不仁，如礼何？人而不仁，如乐何？""礼云礼云，玉帛云乎哉？乐云乐云，钟鼓云乎哉？"这就是说，礼并不止是互相打躬作揖、献赠财物那样的徒具形式，如果没有真正的敬爱别人的心，礼乐只是没有生命的形式罢了。我们反对虚伪的礼节，但却应该提倡真诚的礼节。直率不能是粗野。听人演讲的时候感到不满意，站起来说："我对你的演讲很讨厌，因为你的口才太坏了。"这种讲法直率是直率了，但是值得提倡么？说这种话的人只顾发泄自己的思想感情，却没有想到这话将给对方以怎样的难堪，给会场以怎样的影响，这恰恰不是一种集体主义的态度而是个人主义的态度。这种直率其实是粗野，应该受到抑制而不是应该发扬。"礼以节人"，合理的礼节正是理该具有这种抑制约束的作用的。

还有些人以为思想进步，工作学习好就行了，对人的礼貌无关紧要，这也是一种糊涂观念。对人没有关切，没有尊重，没有友爱,以社会主义道德品质来权衡,能够说这种人"思想进步"吗?如果一切人都工作很积极,不剥削人,也很守秩序,但是对人却都是傲慢冷淡,毫无礼貌的,那么社会就真是古怪极了。那时候,即使人人都住高楼,家家都有汽车,穿的是绸缎绫罗,吃的是山珍海味;但你到处看到的人却都是冷冰冰的,一个个都像马雅可夫斯基所形容的:"脸孔又像脸孔又像屁股",你问路人家爱理不理,你有什么困难人家爱睬不睬,这样的富足的、"秩序井然"的生活又有什么过头呢?

我们国家是一个文化传统深厚的国家,我们有许多优美的礼节可以整理和推广,国际上也有许多优美的礼节有待我们去学习和吸收。作为新中国具有高度的集体主义的公民,应该是有礼貌的人。因为在他们胸中,尊重别人、热爱别人的思想在熊熊燃烧,"内容决定形式",这就自然地会培养起教人感到人情温暖的礼节来。

1957年

闭上一只眼睛的猫头鹰

有一些动物,像蛇、狐狸之类被用来代表邪恶;羊、骆驼之类被用来代表善良,这在中外的故事里都是差不多的。但有一些动物,像龟、猫头鹰……它们象征的东西,中外的看法可就很不相同了。那在中国习惯上被认为代表了不祥的猫头鹰,在西洋的传说里却常常被用来象征聪明。

猫头鹰有时甚至还被称做猫头鹰博士,猫头鹰在西洋传说里所以能够获得这样崇高的地位,和它那对眼睛是很有关系的。它的眼睛很像一对眼镜,夜里又能看到东西,这就有资格被当做聪明的代表看了。

尤其聪明的猫头鹰,是闭起了一只眼睛的。香港最热闹的街道上有一家名字叫做"聪明人"的咖啡馆,它的招牌上面,霓虹灯管上的猫头鹰,就是闭起了一只眼睛的。

那家咖啡馆的猫头鹰招牌,不用说,是受了西洋传说和习惯的影响的。

为什么闭起一只眼睛的猫头鹰,就被认为是格外聪明呢?这事情很值得寻味。

苏联小说《拖拉机站站长和总农艺师》里面，描写一个受资产阶级遗留影响极深的人物，发挥一种议论道："经验丰富的人读书用两只眼睛。一只眼睛看到纸面上的话，另一只眼睛看到纸背后的话。你读书的时候，应该把你那第二只眼睛睁得大一些。"这些话和那闭着一只眼睛的猫头鹰的模样儿对照起来，是十分酷肖的。小说里的那个反派人物是想劝告人们不必太相信真理，应该眼开眼闭地混日子。从这里，我们就可以想见闭上一只眼睛的猫头鹰的形象产生的社会根源了。

差不多所有旧社会导人世故的书籍，不管是在封建社会基础上产生的中国式的《增广贤文》也好，在资本主义社会基础上产生的美国式的《处世教育》也好，都很淋漓尽致地发挥了这种猫头鹰哲学。《增广贤文》里记录的谚语，如"今朝学得乌龟法，得缩头时且缩头"啦，"是非只为多开口，烦恼皆因强出头"啦，"闲事莫管，无事早归"啦……发挥的都是这种"闭上一只眼睛"的道理。《处世教育》之类的书籍也是这样，它告诉人"顾客永远是对的"，"你如果想得人欢心，请保持你的微笑"，以至怎样去笼络朋友，逢迎上司等等。这些书籍一向总有人读得津津有味，因为它的确教导了那些像杜甫所描绘的"当面输心背面笑"的"悠悠世上儿"，一种不顾真理，只顾自己的所谓"保生全身"之道。

在旧社会有许多闭上一只眼睛的猫头鹰式的人物，那是不足为奇的，奇怪的是在新社会里，也仍然有好些人如法炮制地掌握这种处世经验。用唯唯诺诺、眼开眼闭、看风使舵、笼络敷衍这一套花样来打发日子。

我决不想说这种花样毫无市场，也决不想说这一类人一定马上碰壁，这一套不顾真理，只顾自己的花样，既然源远流长，它的消灭绝不是短时间的事。这里想说的，是要这一套伎俩，在新社会中毕竟不像从前那样"保险"了。眼开眼闭地混日子不见得就百事顺利，唯唯诺诺也不见得就永远妥当，这些年来，翻筋斗跌下来的处世专家已经不少了。

整天打着哈哈，尽量对任何人客气，对旁人的错误和缺点决不干涉，这一套处世方法，利用了不少人爱好恭维的弱点，看来该很妥当吧。但是在革命队伍中有反自由主义这么一种斗争，有批评和自我批评这么一回事。碰到这种斗争，"处世专家"就原形毕露，以一个只顾自己的小人的姿态垮下台来了。

尽量逢迎权威，巴结上级，权威和上级是革命的，我也就跟着算是"革命"的了。至于权威和上级的缺点和错误，则采取眼开眼闭的态度，决不过问。这样的"革命"该是很安全的吧。但谁知权威有垮台的时候，上级的官僚主义有被反的时候，这样的"革命"也就有被人看出真相的时候，可见并不怎样安全了。

在某些场合里面，人数多的一面说什么，我也就跟着站到那一面去，人多势众，随声附和；如果错了就跟大伙儿一起错误，并没有什么特别惹人注目之处，就像《三国演义》里面的左慈变成羊隐身到羊群里面去，叫人没法找寻一样。这一套把戏该是最安全的吧？谁知，事情也不保险。世间又有提倡独立思考，反对附和起哄这一回事，当人们在刻画这种附和起哄者的面谱的时候，处世专家的脸孔却难免热辣辣起来了。而且当群众觉悟提高，再追寻什么人是这一套花样的老手的时候，自以为有了隐身术的处世专家，还是难免在偏僻的角落里给找寻出来的。

....

像这一类处世专家，眼开眼闭学习猫头鹰的本领的人们，这几年垮台的已经不少了。本来在旧社会中是效力很高的处世伎俩，这些年来却逐渐常常有碰壁的危险。原因是：社会出现了新的条件，群众的觉悟在不断提高，妨碍集体利益的事物在不断被消灭，这样，处世秘诀就有了失灵的时候。

让我们劝告一切的处世专家，不要再"眼开眼闭"地混日子吧，真正做一个热爱真理，坚决捍卫人民利益的人，自己脚下的道路才是真正宽广的。

1956 年

蝴　蝶

在游泳池里，人们游泳有种种花样。有蛙式，海豚式，蝴蝶式……蝴蝶式，据说那姿势就像一只在花丛间飞舞的蝶儿。究竟像不像我觉得很难说，但看了这种花式，我倒想到世间的确有一种蝴蝶式的人。

安徒生有一个童话就叫做《蝴蝶》。故事里讲的虽然是一只蝴蝶，但我觉得它可真形容尽致地描述了那种蝴蝶式的人。这童话说：有一只蝴蝶立志要在群花中找一位可爱的小恋人。于是他在花丛间飞舞，端详着一朵朵的花。番红花和雪形花是好看的，蝴蝶也认为她们像情窦初开的可爱的小姑娘，但是又觉得"她们太不懂世故了"。秋牡丹呢？他觉得"这姑娘苦味未免太浓了一点"。其他的花，"紫罗兰有点太热情；郁金香太华丽；黄水仙太平民化；菩提树花太小，而且她的亲戚也太多；苹果树花看起来倒很像玫瑰，但是她们今天开了，明天就谢——只要风一吹就落下来了，他觉得跟她们结婚是不会长久的。"豌豆花本来是娴雅可爱的，蝴蝶正打算向她求婚的时候，却看到了她近旁有一个豆荚，豆荚的尖端上挂着一朵枯萎了的花。当他知道这就是豌豆花的姊姊的时候，想到这豌豆花将来也会和她一个模样儿，不禁大吃一惊地飞走了。以后这蝴蝶一直都没有找到对象。晚秋的时候他撞进了人家的房子里，被人别在一根针上，藏在一个小古董匣子里了。这只不幸的东飞西撞、一事无成的蝴蝶，却还用这样一种思想来安慰自己："现在我像花儿一样，栖在一根梗子上了，这的确不太愉快。这几乎跟结了婚没有两样，因为我现在给牢牢地钉住了。"

看了这样的童话，想起我们在生活里见到的事象，我想很多人都会发出会心的微笑的。

在生活里，的确有这种穿花蝴蝶似的人，热闹的场合里你到处可以看到他。他的气派，他的来头，他的抱负，似乎都很不小。但是看他忙忙碌碌，到头来做了些什么事情，却只落得个"天晓得"，不过到了最后，他总是能用些半怨艾半慰解的话来排遣他自己，就像那蝴蝶一样。

在情场中有这样的人，他东拣西挑，像最苛刻的跑遍全城却未必能买到一对合意的袜子那样的顾客似的挑选对象。这个不好，那个不妙，这个太肥，那个太瘦，某甲眼睛不好看，某乙身段不窈窕。他像雷达或者示踪原子似的检查人们身上最细微的缺点，每一个接近他的异性在背后都给批评得不值一文钱。这样子的人当然找不到适当的对象，到垂老的时候，或者就变成了一个鄙夷人间一切爱情的怪物，或者就事急马行田，只好降格以求，随便找个人结婚了事。这样的人，在不少地方都是可以见到的。

在学习上也有这种穿花蝴蝶似的人，他订的学习计划简直大到惊人。他外国文字毫无基础，却要在短短期间内学几种外国文，他要读完马克思列宁主义的一切书籍，他要读所有大作家的全集。他像一只穿花蝴蝶似的在书店里飞来飞去，买回来一大叠一大叠的书籍，床头书架都放得满满的。但你却很难见到他认认真真地读完一本较厚的书。一年一年地过去了，当许多人一步步吃力但却着实地攀登上科学或者艺术的高峰时，这样的人却依然在高峰下团团转，怨东怨西，怨没人帮助，怨时间少，怨精力不足。一直到老依然没法获得关于哪一门学问的比较系统和精确的知识。

在工作领域里也有这样的人，一天到晚闹情绪，这山望见那山高，终日里觉得"英雄无用武之地"，拉着怀才不遇的面孔过日子。他总是懒洋洋地应付着工作，过年过节他也玩得挺欢，检讨时他的发言也热烈，但就是这种对待工作懒洋洋的劲儿没法子改。据说他是希望去搞工业，但一调到工业部门他又想到搞文教才"有发展前途"。一到搞文教时又觉得这里竟有意外多的事务工作。觉得一个人应该到处去跑跑，才能够"接触生活"，到真的跑起来了又嫌生活太艰苦和不安定，"没有法子学习"。总之，信不信由你，有这样一种人，长年累月都在闹情绪。调来调去总是干一行，怨一行。就在这种自怨自艾和怀才不遇的嗟叹中，度过了岁月。当许多人辛勤劳动的时候，这种人实际享受了别人的劳动成果——因为无论他如何闹情绪，他总要吃饭，领薪水，住房子，逛公园……总要享受人们提供的劳动产品。而他，却偏偏最偷工减料地付出自己的劳动！在这一关系中，集体很吃亏，而他，却还觉得集体薄待了自己。

是的，在我们生活中有这样一些人。他们像是穿花蝴蝶似的过日子，很有怀抱似的，很忙碌似的，实际上却总是干不出什么事情来。我想，这一类型的人，在现代喜剧中应该占有一席位。

并不是说恋爱可以随便，学习可以没有远大的志向，这并不是什么性格的悲剧，实际上是思想意识的问题。

当一个人对自己和对客观世界认识不清楚的时候，他就只能够在凹凸镜里看别人和看自己，不是变肥了就是变瘦，不是放大了就是缩小。

当一个人缺乏真正的集体主义精神的时候，他不可能认真尊重别人和严肃对待自己。不可能认识"劳动"这个词的无限崇高、光荣、美丽的性质。

蝴蝶式的人的存在，反映了旧世界的复杂错综的影响。

我们不能单纯用黑白两种颜色去画人，像这种穿花蝴蝶似的人决不能算做坏人。我们不能用黑颜色去画他。然而这种人又的确在各个角落里形成了问题，而且问题不小。揭露黑白两种颜色之间的各种形态的人隐蔽的精神世界，我想对于人的改造会有很大的好处。

1957 年

病　家

在广东话里，把多病的人叫做"病家"，和"买家""行家"等等并列。这个词儿对于值得同情的真正多病的人在意味上是不够尊重的，然而对于另外一种人却很合适，这就是那种没病或者微病而惶惶不可终日老是跑医院的人物。自从有了公费医疗制度，这样一批"病家"也就应运而生。

公费医疗制度给许许多多的职工带来了幸福，然而却给这样一种人带来了"不幸"，他们原来是不病或少病的，自从有了这个制度，一张公费医疗证在手，他们就纷纷变成了"病尉迟"和"病西施"了。

一位广州的市人民代表视察各个医院，发现去年全市公费医疗超支二十六万多元，这里面很重要的一个原因，就是跑去看病的公费医疗享受者中有百分之三十原是不需要看病的。因为他们仅患着微病或者根本没有病。这里面的一个典型例子是广州公安局有个患轻微神经衰弱的干部，三年来除住院时间不计外，总共看了二百九十次病。这种情形并不限于广州一地，其他好些地方都有，大概这里面是有个什么"共同规律"的吧。有一位护士长告诉我，我们的病床周转率比苏联小很多，原因之一就是有一种"病人"好了硬是赖着不肯走，总是说自己有病。有一位县医院院长告诉我，还有一种"病人"硬是要自己开药方，例如肚子不舒服居然想到"要用金霉素来灌肠"之类。可见对于某一部分人，一张公费医疗证在手，不但立刻百病丛生，而且忽然比一切医生都高明起来，把世界的医学水平都踩在脚下了。

这种事情使人想起苏联小说《被开垦的处女地》中的某些描写，当苏联的农业合作化正在开展的时候，某些私有心理浓厚的农民生怕在合作化中自己会吃亏，或者误信谣言以为家畜要归公，于是把家畜宰了大吃特吃，吃到饱得躺在床上不会动，辗转呻吟……长期私有制社会对人们精神的影响就是这样可怕的。一张公费医疗证到手就老是想上医院和吃补药，和那些捧着个肚子在床上呻吟的暴食者在精神上是有它的共通之处的。

据说杂文常带片面性，这里应该再三声明，这样的人只占全体干部、职工中很小的一个比例。如果全体的公费医疗享受者都是这样的"病家"，那还了得！全国的预算，不必去搞什么国防、经济、文化、建设，仅仅用来给大家"看病"和吃补药，大概就已经用掉七八成了。

这类病人大多是所谓神经衰弱患者。这类病人中有一部分的特点是：没精打采，但是讲起病情来神采飞扬。不能劳动，但是选择药品和盘问医生时风度奕奕。他们中有许多人的确是病情严重的，药物也的确是医不好的。但他们求医走错门路了，他们最应该去找的是思想的医生，而不是穿白衣服的看舌头、敲膝盖的大夫。

那位视察医院的人民代表说，这种情形之所以产生，"是由于一部分职工不爱惜国家资财或者不认识这是一种浪费"。我以为我们的这位人民代表太忠厚了，什么"不认识这是一种浪费"，如果对这部分人取消公费医疗，看病由他们自己掏腰包，我担保立刻手到回春，他们看病的记录马上会像水银柱碰到冰块一样，迅速下降。

然而对于这类病家，他们身体的健康长此这样搞下去也确乎是可忧的。内容固然决定形式，形式也会影响内容。三天两头跑医院慢慢就会觉得自己病入膏肓了。而精神的崩溃正是真的疾病的开始。全世界的一切长寿者，大都是热爱劳动的人。英国的萧伯纳也好，苏联的一百多岁的老牧人也好，我们的齐白石翁也好，甚至那个一百一十八岁还在吟着"锄云种得松千树，汲水携来月一瓢"的虚云老和尚也好，都是热爱劳动的。而全世界躺在躺椅里过日的胖子，却都是短命的。

集体主义，不但在社会学上，就是在医学上也是一剂奇药。一个人勤勤恳恳、坦坦荡荡地过日子，精神开朗了，病也会少些。而患得患失、恓恓惶惶的人却恰得其反。对于上面的那一类病家，在连年药石乱投，群医束手之后，奉劝他们不妨试一试这剂灵药。

1957 年

论威风

向人民群众扎架子、摆威风，在我们这样性质的国家里面，本来是一件很耻辱的事情。但似乎还有一些人，觉得耍这一套很光荣。在日常生活里面总是"乐此不疲"，要摆摆威风，才觉得过瘾些。

不久以前，惠阳平海镇有一个干部因为向剧团索取戏票不遂而辱骂艺人，甚至怂恿落后群众捣乱戏院。最近，潮安又有一位人物驾车出巡，鸣枪喝道。这一类事件，自然是极少数，但也不是少到凤毛麟角。喜欢耍威风的人似乎颇有一个数量。不过有的只是日常仰起鼻孔哼哼、摆官腔过瘾，登峰造极的，却发展到违法乱纪就是了。

共产党、人民政府中有极少数这样的人物，并无损于革命事业的光辉，因为他们的这种行为原就是党和政府所要反对和制裁的；而他们自己呢，唯其是置身这样伟大的队伍中却又偏要耍这一套花样，就更其显得可耻了。

官僚主义据说有种种形态：有埋头文牍的官僚主义，有辛辛苦苦的官僚主义。上述这种人的行为，更是一种老牌官僚主义的表现。我们从这种行为里面，最容易嗅到旧社会官僚的气味。

剥削阶级长期统治给予人们精神上的恶劣影响，集中地表现在某些人那种对物质生活的要求"不劳而获""少劳多酬"的自私态度上，也表现在那种在精神生活上的喜欢骑到别人头上去作威作福的可耻态度上。有一些人，平时好好的，但一和个"长"字沾上了边，戏就多了。他不再能够和人们友爱诚恳地相处，而是走路、说话、举止……都非另外摆出一个款儿不可。这一来，他自己辛苦，别人看了更辛苦。追溯源流，这和剥削阶级在人们精神生活上的影响是分不开的。

那些熟知人类发展道路、终生为摧毁剥削制度而奋斗的革命家们，马克思也好，列宁也好，我们国家卓越的领导者也好，其他无数优秀的革命干部们也好，他们对敌人是严厉无情的，处事是决断的，他们重视专政的权威……而在他们的日常生活中，在他们和人民群众的关系中，却几乎毫无例外地表现了一种蔼然长者和活泼少年的平易近人的风度。马克思在星期天让孩子们骑在他背上，装马在地板上跑来跑去。列宁赞美那严厉地检查他的通行证的卫兵，和大家一起排队去理发。我们国家的卓越的领导者们，也同样地流传着许多这一类的故事。这绝不是什么"性格"的问题，而是真正具有崇高的集体主义精神，真正热爱人民的人在生活风度上必然的表现。

因此，对于前面讲的那些人的社会主义觉悟程度，不管他地位多高，党龄多长，我是深感怀疑的。我想：气焰越高，恐怕人格越低，架子越大，恐怕灵魂越小。一个人社会主义觉悟的高低，他的所作所为和人民群众的关系，无论如何应该是最重要的准则吧。"工作积极"，这自然是很好的。但在旧社会中一个患得患失的所谓"小公务员"也会"工作积极"。"战斗勇敢",这自然也是很好的。但在旧社会中,一个贪图奖金的雇佣军官有时也会勇敢战斗。一个革命者的积极与勇敢之所以区别于其他形形色色的积极与勇敢,不正在于他们是在为人民群众的幸福而奋斗这一点上面么?一个真正为人民群众幸福奋斗的人,怎会在人民群众面前作威作福,并引以为乐呢?我想天下并没有这样的逻辑。

上述的那些人是既不知人也不知己的主观主义者。他们不懂得自己行为的丑恶性质(却觉得很优越!),也不懂得这种行为在新社会中终归要碰壁。这些人的事情总是纷纷被揭发出来。那位鸣枪示威的英雄不是当场被群众责斥,事后还被迫认错了么?可见,群众的监督越强,这些人的威风就将越收敛。群众的监督力量和官僚主义的风气是永远成反比的。所以碰到这种人,不管他挂的是什么招牌,在口气上来头多大,只要他的行为的确是骑在人民群众头上作威作福,大家就应当给他一个教训,从劝导、批评以至控诉、制裁,使他们清醒清醒,从而督促他们加以改正。我想,这样做大有好处,这是不折不扣的革命工作之一。因为革命的任务就是要使社会美好起来,而某一个角落有这样的人和这样的作风,那个角落总是不大美好吧。

1956 年

小事情与大悲剧

在许多世界文学作品里,我们经常可以读到这一类的故事:因为一点小小的事情,毁灭了一个人的一生。法国的法朗士,写过一篇叫做《法兰比尔》的小说,描写巴黎街上一个推车卖菜的小贩,本来勤勤俭俭的,还可以勉强过日子。但是有一次,因为一个商店主妇买了他的大葱,转身走进商店去时忙着招呼顾客去了,没有立刻付钱给他,他的车子不能马上推着走,这就违反了交通条例,一连给警察警告了三次。当警察再责问和责斥他的时候,他急得乱抓头发,嚷着自己倒霉,申诉着不能推车走的原因。但警察却把这些话听做是骂人的话,把他拉到法庭去了。他被处罚金和拘禁。出狱以后,一连串的怪事发生了。这个良善的老小贩被许多人当做是"坐过牢的坏人",欠他的钱的人乘机赖债,许多老顾主不买他的东西了。于是他脾气暴戾,变成酒徒。因为收入难以维持生活,他从阁楼里给人赶出来了。这个推了三十年菜车的良善的老人,终于陷入极端穷困潦倒的境地,而且渴望"犯罪"了。

我又记起了波兰古典作家显克微支的一篇叫做《为了面包》

的小说,这小说描写前世纪时,一个老农的牛跑进了人家的苜蓿地里去吃苜蓿,给人家逮住了,地主索取赔偿三块钱,老农不甘损失,就打起官司来,但是官司越缠就越麻烦,地主现在不仅要求三块钱,而且要求加上牛的饲养费了。后来,官司终于败诉,他的马也给人家牵去。法庭又因为他"抗拒",加判了他监禁。那时正是麦收的时候,他因为缺乏人手,麦子整捆整捆地发芽,收成大大减少,那一年的粮食也发生了问题,当时轮船公司正招人到美国去开发,他经不起人贩子的怂恿,把心一横,出卖了家当,就带女儿到美国去。结果呢,经过一番颠沛流离之后,父女俩都惨死在美国了。

像这一类的事情,不管它出现在哪个地方,我们看起来是很熟悉的。小事情酿成的大悲剧,所以激动了许多伟大作家的良心。因为这些事情尖锐地反映出社会的问题,那些细致地描写这类事件的作品,纸背上是响着一个庄严的声音的:"看吧,看吧!人给践踏成什么样子!有理性有觉悟的人一定不能这样子生活下去,也一定不能容忍这类事情永远不断地演下去。"

说这些大悲剧的起因是"小事情",那不过是和后来的那个"悲惨的后果"比较而来的说法罢了。由于那样一些表面看起来很微小的事端,演变下去竟可以毁灭人们的一生,真像是一个小小的疮疖,一个破伤风的创口后来竟致人死命似的那样可怕。实际上,那起头的原因在性质上是一点也不简单的,正因为在旧社会中有剥削阶级的统治,有丑恶的法律,有横行霸道的地主和资本家,有狐假虎威的警察,有被统治得浑浑噩噩的某一群小市民,才使悲剧有了起因,并发生了那样复杂的演变。在那样的社会中,一年总有一大批人要做那个制度的牺牲品,采取的形式则是多种多样的、各种各样的"小事情","条条道路通罗马"，把许多人推到灭亡的道路上去。

　　说这些事情是"大悲剧"，也不过是和那个起端相对照的说法罢了。比起整个社会的悲剧来，比起吃人的罪恶战争所吞噬的生命来，这只能算是旧世界血海中的一些小泡沫罢了。但是如果像《梁山伯与祝英台》《罗密欧与朱丽叶》那些缠绵悱恻的戏剧应该算是"大悲剧"的话，那么这些事情又何尝不是大悲剧？因为被吃掉的都是一个个的人，这些善良的人的生命单位，是没有轻重之分的，并不因为这类事件的过程中缺少了点爱情故事就减少了它的悲剧性，也不因为这些人的详细的生命经历不为人们所熟知，他们在身历灾难的时候就会减少了痛苦的感受。不，不，即使是一个终生没有几个人知道他的人，终生没有名字或者被人随便叫做张三李四的人，一辈子不曾走出十里方圆的孤陋寡闻的人，他们对于不幸，对于灾难，对于痛苦与死亡的感受和一切其他的人是并无二致的。

　　我们这些从旧社会生活过来的人，对于这类由很小的事情演变成的大悲剧是知道得很多了。我们革命的胜利，不仅意味着国家制度、社会制度的改变，也意味着人和人之间彼此关系的改变，意味着人的改变。这几年里，我们不但看到亿万劳动者逐渐走出了贫困的深渊，看到青春的血液正流注在我们这个古国的四肢百脉。也看到了人和人之间的关系的进步，看到大批新人的成长。关心旁人，热爱人民的风气正在发扬。一个列车员的热心服务，就可以使几岁大的孩子安全旅行到千里外的父母的身旁。一个接生员不辞山路的夜间跋涉，就可以挽回产妇和小孩的生命。一个邮递员的辛勤努力，就可以使隔别一二十年的人家全家团聚。一个斗争精神坚决的人的追踪，就可以使血债累累的匪徒落网归案。正是千千万万这样的人在成长，使社会有了新的风气，国家有了新的气象。从这些人身上，我们看到了"社会主义人"的崭新的面貌。每当想起我们生活的时代有这样多好人在成长，在一同呼吸，一同劳动，你就会觉得温暖，觉得幸福，觉得空气格外新鲜和阳光格外明亮。因为我们所要建设的社会主义社会，绝不仅仅意味着生产资料公有，人们过丰足的物质生活而已。试想想，假如在那样的社会中，即使家家住大楼，人人坐汽车，穿绸缎绫罗，吃山珍海味，而人碰到人时却冷冰冰的，一个个拉长面孔，对旁人没有关怀，没有友爱，没有同情，你在路上跌倒了，没有人睬你，孕妇小孩跑进车厢没有人让座，你跑到机关去交涉一点事情就碰到一张张官僚主义的面孔，你碰到困难急得满头大汗旁人却在嘻嘻哈哈……假如是这样，那种富足的生活又有什么好过？自然，这只是譬喻譬喻罢了，事实决不至如此。因为社会上假如充斥着那些"冰雪老人的儿女"，我们根本上就不可能建设成社会主义社会。大群社会主义新人的成长所以使人们感到温暖和幸福，理由也正在这里。

但是这绝不是说我们的社会已经没有形式上和《法兰比尔》《为了面包》相类似的事情发生了。小事情酿成的大悲剧，在好些角落里还是在发生。几千年历史的垃圾不是在几年间就能够扫除干净的。几千年剥削阶级的影响，那种只顾自己，不顾别人，作威作福，冷酷无情，说漂亮话，做肮脏事，敷衍塞责，得过且过，唯唯诺诺，打躬作揖一类的把戏，还是一个不小的残余势力。今天和旧社会不同的是：在从前，社会制度在保护和发扬这种势力，在今天，社会制度却在和这种势力进行斗争。

四年前的"张顺有事件"，不久以前的"郑殿章事件"，都是相当骇人听闻的。事情的起因很微，而事情的后果却异常可怕。以郑殿章事件来说吧，他因为被官僚主义者拒绝补发一张残废证，五年来，三次到中南，五次进北京，在监禁中度过两年半时光（因身份不明等原因被扣押过五次）。和这些事情相类似的，我们还可以举出好些例子来。例如：由于对学生健康关心得不够，有的学生在负重赛跑中死在运动场上了。由于医院挂号手续复杂，有些病人失医致死了。有些农村由于没有在合作化发展中及时办托儿所，一些儿童乏人照料，因而死于意外了。有的人因为被机关主管随便怀疑偷窃，无理讯问，愤而自杀了……自然，比起旧社会的那个大血海来，那种作威作福，冷酷无情的历史残余势力所造成的惨剧的规模已经大大地缩小了。但它并没有绝迹。一点专横，一点冷酷，一点马虎，一点糊涂……往往就可以葬送旁人的半生或一生。而这些被牺牲了的人，原本是可以过许多幸福的日子，可以做许多有意义的事情，但是他们被这种历史的残余势力吞噬了。

这类小事情酿成的大悲剧的可怕处，是这些作威作福者，冷酷无情的势力，害了人却不能正视自己身上的罪恶，甚至旁人也看不见他们手上的血迹。

有好些人往往有意无意地宽容了这种势力，他们以为提起这些事情，有损于新中国的光辉。殊不知放松对这种势力的斗争，就是对新中国最不利的事情。难道那种作威作福，冷酷无情，是马列主义教养出来的东西，而不是极端丑恶的个人主义的产物吗？

也有些人觉得国家这样大，人这样多，这类事情是免不了的。重要的是建设社会主义，这类事情也不必多提了。殊不知如果不和这类事情进行坚决的斗争，就是到了社会主义社会，那类人物也仍然要害得一部分人叫苦连天的。社会主义的生活原则，是"一人为众人，众人为一人"，不管群众在如何幸福地生活，有一个人无端遭遇不幸，就值得所有的人关心。漠视任何个人的不幸，根本就不是什么社会主义的思想感情。

帝国主义被我们赶跑了，反动统治阶级被我们打倒了，国内的剥削阶级正在一个个被消灭。现在还有什么力量能够使人民生活中产生不幸呢？除了潜藏的反革命分子，除了被消灭阶级中的不法分子，除了迷信和愚昧，该就是这种作威作福和冷酷无情的历史残余势力了。这种势力是人民幸福的敌人，苏联把官僚主义称做"党的死敌"，那理由是大堪玩味的。不幸竟有人把作威作福和冷酷无情当做是一种平常的花样，以为出了乱子只要检讨检讨就行。"检讨深刻"就可以过关。有些官僚主义者还恬不知耻地指着自己的鼻子说："我一向有官僚主义"，就像说他脸上有几颗雀斑似的，若无其事。他们为什么不换上正确的语言说"我一向是党的死敌"呢？对于那些作威作福，冷酷无情的人们，显然批评、检讨之类是不够了。当他们闹出乱子来的时候，纪律、法律，是会认认真真地管教他们，在他们头上敲一记的。

道德水准是随着时代不断演变的，在我们这样的时代，我们应该宣布：恶劣的待人态度，作威作福和冷酷无情，是一种恶行，有时甚至是一种罪行。

1957年1月

人和鞋子

人和鞋子的关系,是人制造鞋子,人穿鞋子;绝不是鞋子制造人,鞋子"穿人"。

人是为了更好地走路才制造鞋子和穿上鞋子的。因此,要求鞋子能够合脚。自然,"五个宝宝一张床",既要穿鞋子,脚板、脚趾免不了要受约束,但这约束绝不是要把脚趾变成罐头里的沙丁鱼,不让它有任何伸缩的余地。鞋子紧了,可以改造,可以放松鞋带。沙子溜进来了,还应该脱下鞋子来清理清理。这些,都是常识以下的事情,再说下去就会有人怀疑作者发了神经病了。

然而在实际生活里,却竟然有人完全不睬这些道理,他们穿着紧鞋子,像古代的缠脚妇女穿弓鞋一样,弄得走路摇摇摆摆,却自许为"遵守制度"。

许多工作的制度、办法、规章,作用本来和鞋子很相像,是为了帮助我们工作做得更好。但正像鞋子有时会不很合脚,必须垫一块皮或者放松鞋带一样,这些东西并不是完全不许可有灵活性的。可是,现实生活里却竟然有不少人以人的身份,却像物质遵守物理和化学的定律一样,来遵守这些制度、办法、规章。

有过类似这样的一些事情：

有些地方为了使农民把猪养得大一点才出卖，规定收购站收购生猪的规格是一百二十斤。有的农民把猪抬来了，收购站的人员就用棍子把猪赶得在院子里团团转，让猪拉过了屎尿之后才来过秤。一称，不多不少是一百一十九斤半。于是，说一声"不合规格"，就要农民把猪抬回去。猪是被抬回去了！然而卖猪的人却真个是"怨声载道"了。

医院有它的一套病人必须登记、缴费才得入院的办法。这些办法在通常的情形下自然是应该遵守的。但好些地方也发生过这样的事情，情况异常紧急的病人抬进院来，医院人员一定要慢吞吞地办完一切手续才准见医生，结果就发生了失医致死的事情。

像这一类事情，都使人想起，究竟这些人是想穿着鞋子好好走路呢，还是想用一对弓鞋套住自己的脚，使自己寸步难移？

像这些死板地执行规章，不理别人死活的人，你说他们真的是组织性纪律性很好么？我看并不见得。他们往往是用"制度""规章"做幌子，来遮盖自己对人的冷酷无情，遮盖自己对人民事业责任心薄弱的烂疮罢了。

我们一切事业的一切部门，一切规章和一切办法，都要服从于社会主义建设和增进人民的幸福生活，一切小道理都要服从这个大道理，当小道理和大道理在特殊情形下发生冲突的时候，紧紧遵守大道理大原则呢，还是抓住一点小道理，把大道理大原则忘个干净？常常在这一点上，可以看出一个人真正原则性的强弱。

1956年

谈 俑

在博物馆里，在新发掘的古墓里，我们经常可以看到"俑"。

那些俑，有木雕的，有陶制的。文士、武弁、姬妾、奴仆，各式人等都有。有时一个墓里的陶俑甚至可以摆满博物馆里的一个巨大的玻璃橱。

俑的任务就是陪葬。一个阔人死了，亲人们就制了许多俑陪死人下土。

在奴隶社会时代，为大奴隶主陪葬的俑用的是活生生的人。许多古书的记载，许多古墓的发掘，都证明了这一点。

一九五○年，我们的考古家在河南安阳殷墟遗址发掘出一座殷代贵族的坟墓。在这坟墓的椁室周围高起的墓室地台上，东边放置着二十四副骸骨，西边也放置着二十四副骸骨。这些都是死者的侍卫、姬妾，在主人死后自杀或被杀死然后殉葬的。另外在南北墓道上还有马葬坑和人葬坑，葬的是卫士、马夫、大马的骸骨。武士骸骨还保持着跪葬的姿势。从这坟墓里以及坟墓东南方的排坑里发现的人骨，总共有二百多具。

北京的故宫历史博物馆里挂有这座古墓发掘的照片。站在照片前面，端详那些头骨遍地尸骸狼藉的惨景，使人产生很多感触。首先想到的，自然是奴隶社会的残酷，剥削阶级的可恨。再想下去，就想到殉葬的俑；想到历代成为墓俑的，除了在刀锋胁迫下的奴隶外，也还有那样一小撮人，服毒殉主的死者的爱妾忠仆之类的人。再想下去，不禁想到古代一个奴隶主的殉葬者自然够多了，但是历史上每一个反动统治者和反动王朝覆亡的时候，殉葬的人就不知道要多多少倍。那时不仅有大量的人踏进历史的墓穴，而且也有不少奴性深重的人，在客观上走自愿殉葬的道路。

旧的时代，没落的阶级、反动的政权的死亡并不是一件很小的事情，它需要好些人做它的俑，做它的冥器，换句话说，做它的陪葬品。反动统治者的忠实爪牙，以及某些受反动思想陶冶最深而至死不悟的一群，注定了要来扮演这种角色。

古代的例子不必去列举了，我们看看近代的例子吧。当清室的杏黄龙旗倒下后，就出现过这么一种景象：好些遗老遗少坚决不愿剪掉辫子，继续天天到溥仪宫殿里去跪觐，请求给予封号谥号；有的遗老眼看局势绝望了甚至跳湖自杀；有的人，带着辫子军要来"起义勤王"；也有人利用政治的或文化的种种手段企图使"大清国"复辟。但历史注定了，这种违反人民意志，违抗社会发展规律的人，最终不能不同他们所拥护的反动皇朝一起，被送进了历史的坟墓。这些人物，就它的客观意义来说，就是做了爱新觉罗皇朝的墓俑。做了皇朝的殉葬者。

历史上一个反动政权被推翻的时候，尚且不可避免地有许多为旧主殉葬的人物出现。当工人阶级取得政权，要消灭一切剥削阶级、根本铲除剥削制度的时候，旧制度的坚决维护者，反动阶级的忠实奴仆，就必然要起来，代表行将死亡的阶级的利益与人民作战；如果他们与人民为敌到底，他们的最终命运，也只能是旧社会、旧制度下葬时的陪葬品。当然，客观上他们也是属于"自愿殉葬者"这个行列的。这也是自然的，合乎规律的。

有这样的反革命分子，他在旧社会中是个"长乐老"，反动统治集团的任何人都喜爱他。他也向他们表示过最大的忠诚，积极拥护和参与了反动统治阶级敌视人民的措施和活动。而当人民取得政权的时候，反动统治阶级内部必然要发生分化，其中许多人向人民低头了；但是有一种人是不会向人民低头的，他们的透骨的反动阶级本能就确定了他们必然是人民政权的死敌。某些头脑简单的、"善心"的人们也许要说：在这样一个革命的环境里，要见到多少真理、要听到多少真理的声音，难道他们不能有一点改变吗？不！这正像一撮腐烂的种子，无论在怎样肥沃的土壤里，在怎样的温度和阳光下，它们都不会萌发新的幼芽，只会继续腐烂。

在报章上披露的捕获反革命分子的消息中，我们看到这样一种人。那就是斜戴着毡帽，眼光像狼一样的人物。在旧社会中，他们在乡下会做地主的狗腿，在城市会做国民党衙门中的打手；日本军队来了，他们就去做密探；土匪来了，他们又去斩雄鸡头发誓结为拜把兄弟。他们可以做一切的坏事，运鸦片，做人贩子，凌辱妇女……在新社会中，他们不肯真正地向人民低头认罪，他们当然也不肯老老实实地生活。要他们正直地劳动，他们就像坐在针毡子上一样地不舒服。一有什么门路可以勾搭，台湾匪帮的"支队长""司令"等头衔一送，他们就死心塌地地又当上特务了。

就是这样的一类的人，正像是博物馆里成行的陶俑似的，他们姿态万千地走着，最终的目的地就是葬着旧社会、旧制度和剥削阶级的墓穴。从时代的意义来说，他们最终的归宿和要扮演的，就是那样一个墓地和那样一种角色。当这些人类渣滓为旧时代、旧社会、旧制度殉葬以后，社会主义事业却仍然不断前进着。人们有时在庭园里、在灯光下谈起社会历史，谈到墓俑之类的事情的时候，大家都不免对他们的奴性感到惊异，而对他们的至死不悟的反革命坚决性都会感到憎恨和鄙夷。

据说老虎和豺狼是饿死也不肯吃素的。在社会生活中，也有和这些动物相近似的情况。那些坚决反动到底、死不悔改的反革命分子，便有点像这种老虎和豺狼。谁要指望这些反革命分子会自动地向人民认罪，会在新社会中老老实实地生活下去，那就好像善士们期望老虎吃素一样，是绝对不可能的。对于这种人，我们只有实行高尔基的名言："敌人不投降，就消灭他！"

1955 年

阴谋家串演的丑角

布尔加宁和赫鲁晓夫访问缅甸的时候，赫鲁晓夫向仰光大学的师生们作了演说，讲话中提到了一件轶事，或者也可以说是一桩国际政坛上的笑话。

他说："我常常有机会同一些外国人谈话。就在不久以前我同一个资产阶级人士谈了一次话，他竭力向我提出了这样的'善意'忠告。他说，苏联对中国作了巨大的帮助。你们这样做对吗？要知道，你们的人口是两亿。而中国有六亿，这对你们国家不是个危险吗？一旦中国建立起自己的工业，加强了自己的独立的国家，它就会威胁苏联……"

赫鲁晓夫说："我们苏联人明白为什么他们向我们提出这种忠告。这种忠告不是出于善意。这种忠告是从资产阶级的观点出发的，是从'人对人是仇敌'的原则出发的，在资本主义世界有这样一条法则：如果你不压迫别人，别人就要压迫你，如果是一个衰弱的国家，就要使它处在附庸地位。我们坚决反对这种论调……'我们说，一个人不应当压迫别人，一个国家不应当奴役别的国家'。"

赫鲁晓夫的这一番话，不断博得听众"经久不息的掌声"。

不但仰光大学的听众们要鼓掌，全世界的进步人类都要鼓掌的。赫鲁晓夫的话阐明了进步人类的庄严的生活原则。它的光辉使国际资产阶级的所谓政治家缩小为像童话世界"小人国"里那样可笑的小人了。

试想想这样的场面吧！在一个胸中燃烧着对和平劳动人民的热爱和国际主义的友谊，用马克思列宁主义的慧眼观察着一切事物，洞悉一切人间腐朽现象的社会根源的革命家面前，居然有一个"资产阶级人士"，不知天高地厚，想学习中世纪那些花言巧语到处游说的策士那样，把白的说成黑的，圆的说成扁的。装出诚恳的怪样儿，企图来挑拨牢不可破的中苏友谊，那种情景，不是太使人作呕了么？

然而国际的"资产阶级人士"们，他们在进步人类面前扮演这种丑角的时候，却洋洋得意俨然自以为是个大政治家，对于他们，"大鱼吃小鱼，小鱼吃虾仔"，"人对人像仇敌"，就是他们生活的原则。这也就是美国作家杰克·伦敦曾经归纳形容过的"森林法则"。他们信奉的法则和森林里磨牙吮血的动物所遵守的并没有什么大的差异。因此，他们也就觉得用这一套"痛陈利害"的话来"游说"别人，是最娓娓动听的了。和这位到赫鲁晓夫面前扮演丑角的人士异曲同工的，是一个香港大学的英国教授，他到了中国一趟之后，回到香港去竟装出悲天悯人的样子担心中国接受苏联援助的不利。他们是多么"大慈大悲"呀！一个担心"中国侵略苏联"，一个担心"苏联侵略中国"。然而，他们的双簧又是多么地好笑啊！他们的好戏反面恰好告诉人们一个真理：中国和苏联牢不可破的友谊是使一切国际反动派战栗的！

不错，在以前长长的一段历史中，以至在现在的半个世界中，这些搬弄是非的国际阴谋家是得意过的。在本世纪的开头，有一个军火商人柴哈洛夫，他在欧洲到处钻来钻去挑拨战争。他跑到希腊去，告诉希腊人说："你们已被土耳其包围，必须购买枪炮。"做了一大笔军火生意之后，又去告诉土耳其人说："你们看看希腊人在那儿干什么，他们准备要把土耳其从地球上抹去啦。"于是又卖出了一批潜水艇。这个柴哈洛夫就是这样使袋子里装满无数血腥金元的。同样的情形也发生在第二次世界大战中，当英、美资本家表面喊着打倒纳粹的时候，他们的代表却到了里斯本、卡萨布兰卡等地和纳粹的使节们杯酒言欢，并且商谈着军火生意。这些国际阴谋家许多已经以大善士的姿态登上他们的"成功人名录"了。但是阴谋家们胃口也未免太大了，竟然想入非非，要把这个血腥市场移到二十世纪的中叶社会主义和平民主阵营来。在受到马克思列宁主义教养，消灭了剥削阶级、有着崇高阶级友爱的人们看来，真是怎样好笑的一出丑剧！庄子曾经作过这样的譬喻："朝菌不知晦朔、蟪蛄不知春秋。"这些国际资产阶级人士，应该就是两千多年前就被庄子讥笑过的"朝菌"和"蟪蛄"了。

像这一类的事例，国际阴谋家们摇摇摆摆登场，自以为是个手段高明的大政治家，然而说了一通浑话之后却发现自己在群众眼光下变成了一个丑角的事例，是层出不穷的。去年圣诞节，美国总统艾森豪威尔发表给东欧人民的所谓"圣诞贺词"里面居然说他在祈祷东欧各个人民民主国家改变政治社会制度，并要来个"支援"。这"贺词"不但激起东欧各国人民的巨大愤怒，也引起美国伙伴们的埋怨和慌乱。最近美国国务卿杜勒斯向《生活》杂志发表好战言论，鼓吹战争边缘的政策，说过去如何运用实力和原子弹,"三次"吓倒了中国。他的用意原想威吓讹诈一下的。但巨人般的中国用冷静和轻蔑回答了他。美国的内部和美国的"盟友"却反而骚动和埋怨起来了。迫得杜勒斯不得不"神色异常紧张"地举行了记者招待会,含含糊糊地解释了一场。这些政治家正是以丑角的姿态在国际舞台上出洋相的。

三十多年前,资本主义国家有所谓"铁血宰相""狐狸首相""老虎总理"之类的角色,然而到了今天,他们虽然每次全身披挂,耀武扬威登场,却总是以丑角的姿态狼狈下场。时间真是多么无情呀!到了今天,铁血的政策,老虎的咆哮,狐狸的手段都吓不倒、骗不了大踏步向共产主义、社会主义走去的国家和广大的群众。这些阴谋家变成渺小的丑角了。他们之所以成为丑角,是因为他们面前屹立着的是已经长成的巨人。

1956年1月

拳头海岸

翻开非洲的地图，那上面有一些地名是相当触目的，那就是黄金海岸、象牙海岸、钻石海岸等等。

这些地方，命名的时间并不很长久，那大抵是在帝国主义的"青春时代"获得的。一看到这些地名，我们很容易想起从前看到的美国电影里的一些镜头：一个穿着衬衫短裤，头戴通帽，手里拿着鞭子或手枪的欧美人，意气骄横地在督工，成群的非洲土人呀嗬呀嗬地搬运着箱子的情景。

这些箱子，装的就是黄金、象牙、钻石之类的东西了。在那些殖民主义者看来，这些地方本来叫什么名字，本来住着什么民族，本来有什么特点，都不要紧，我能够在这里夺取到什么，我就把它叫做什么海岸。青春时代的帝国主义者，倒是很直爽的，那时他们还不大装出个斯文样子在那里引经据典地谈什么上帝、文明、正义之类的字眼。

然而一百年过去了，帝国主义衰老了。被尊崇地印在流行于半个世界的香烟盒子上的海盗的肖像虽然还是威风凛凛的样子，然而他们的子孙的胡子的确已经长了，拳脚已经大大不如祖父了。从亚洲到非洲，许多被目为可以予取予夺地得到财富的海岸，一处处都伸出了拳头来，变成了"拳头海岸"。中国的海岸，朝鲜的海岸，越南的海岸，马来亚的海岸……以至非洲的各个海岸，都纷纷变成这个样子了。

曾经被压迫过的民族，已经深深地知道：用自己的铁拳是可以击退窜进自己祖国花园里的猪嘴的。

如果不用这样的拳头，就是整个国土让人铲起运走，死人和活人也仍然不得安生的。在美国，不是有人企图运走埃及的木乃伊么？在美国，被剥削到陷入赤贫的黑人和红人，不是被资本家们组织去和袋鼠竞跑，和鳄鱼竞泳么？

被压迫民族深深地领略了这一套，大家现在既不怕枪炮，也不迷惑于花言巧语了。

对于帝国主义者来说，像其他的许多地方纷纷变成"拳头海岸"一样，一向被当做是"运河海岸"的埃及，已经在怒吼，也变成了一个"拳头海岸"了。这个屹立起来的国家，背后不但站着整个阿拉伯民族，也还站着全世界的人民。帝国主义者想动手，应该好好审视一下人家的拳头，也思量一下自己的胡子。勇气这种东西，只属于正义的英雄，决不属于贪婪的雇佣兵。帝国主义者应该记住这样一个故事：从前在越南战场上，一个法国兵和一个越南战士争夺已经拉了线的一颗手榴弹，争夺是很激烈的，但是当手榴弹发热快要爆炸的时候，把手缩回去而终于使自己和藏身的堡垒被炸毁的，终究是法兰西的雇佣兵。

也许帝国主义者已经隐约感到自己的命运吧。这些日子来他们在苏伊士运河问题上所表现的疯狂言论和卑鄙手段，那种丑态真是使全世界都吃惊了。

帝国主义绅士们常常在指责别人不信上帝，这真是我们居住的地球上最幽默的事情之一。你们这些手染鲜血的人,就请听听那个伟大的人道主义者耶稣的声音吧:"你们不能既奉侍上帝,又奉侍玛门(财神)!""收刀入鞘吧,凡动刀的,必死于刀下。"

1956 年

榔　梅

在生活里面，常常有些本来是没有用或者用处很少的东西，却被人当做宝贝。

例如形形色色的补品，有些就是这样的东西。

在明代人的书籍中，时常提到一种吃了可以长寿的果子，名字叫做"榔梅"。这是一种变形的榆树结的果实，当时人们却把它当做仙物。皇室强迫地方入贡，地方官吏也就乘机勒索和欺压百姓，私采"榔梅"的要受重罚，有时甚至有生命的危险，连守山的道士也要一同治罪。

大药物学家李时珍曾经给这种榔梅吸引过，他在太和山旅行的时候，冒险采摘过一枚带回去研究，断定它在治疗方面的功效很有限，不过是和普通的桃、李一样的东西罢了。

但李时珍研究的结果在当时不可能大事传播，所以整个明代"榔梅"仍然被认定是仙物，比李时珍后生六十多年的旅行家徐霞客，也曾经在旅行途中冒险采摘过榔梅，用蜜浸了带回家去给母亲吃。亲戚们大加赞美，认为这果子是玉皇大帝把仙树接在梅树的枯木上长出来的，吃了会延年益寿。

明代以后，榔梅的风头似乎逐渐衰落了，到了今天，我们再也没有听说有哪一个地方有这么一种补品了。

试想想：当时地方官员们煞有介事地把一枚和桃、李一样平凡无奇的果子装进锦盒里护送进京，皇帝贵族们也像吃传说中的瑶池蟠桃似的吃着它！以为一吃下去就有意想不到的效力，会长命百岁，这真是多么好笑的一回事！

然而历史上却多的是这样的事情，曾经为许多人所迷恋的、断送了好些皇帝的老命的"金丹"，也是和"榔梅"差不多的东西，不过榔梅没有把人弄死，有些"补品"还会把人害死就是了。

一种无用的、甚至有害的东西被人当做宝贝的事情，不仅在历史上有，在现实生活里面也有。

"迷信"就是人们生活里面的一种榔梅。人们在叩头、跪拜、祈祷、念经当中，以为会得到什么神灵的庇佑，正像吃榔梅的人以为会延年益寿一样，而实际上呢，除了自己给自己一点心理上的安慰之外，原是什么也没有得到的。

某些人所相信的什么什么学习"秘诀"，也是一种生活里面的榔梅。有人，总是相信那些什么"百日通""成功秘诀"一类的东西，以为一经掌握那"秘诀"，某一门的学问就可以豁然贯通，也有些人相信写作有一种秘诀，一经懂得了那窍门，就可以洋洋洒洒写成功巨著，我甚至听过有些青年朋友埋怨年纪较大的人不把秘诀告诉他们。我们不否认学习有方法，但是方法绝不是"秘诀"。方法只是指出一条道路，走这条遥远的道路仍要靠每个人自己的努力。努力不够，虽然明知有这么一条道路仍然没有用处。但是"秘诀"就不同了，"秘诀"好像不需要自己走路，只要一经指点，马上就到达终点和峰顶。"秘诀"这种东西，实际上不仅仅是无用的"榔梅"，有时还是致命的"金丹"，因为就有一些人因为迷信秘诀，怀着"求仙不遇"的心情因循过日，放弃了自己的努力，使明明可以获得的成就竟不能获得。

漫无边际，离功利要求十万八千里的"学术研究"也是一种生活里面的"榔梅"。学术研究当然不能太过于功利主义，谁都知道有些部门的学问虽然本身很抽象，但在它的指导下却可以使其他部门的学术研究获得功利的效果，这大概就是老聃所讲的"无用之用"。但却不能因为有这个道理存在，就使研究工作越脱离实际越好。但就在现在，仍然听说颇有一小部分人总是在研究一些极偏僻极不切实用的东西，例如古代一件服饰、一种官职，都有人要花整年的时间去考证，把各种典籍里面有关的材料都抄录起来，写几万字的文章来研究一样很没意思的事情。把这当做"学术"。这种风气近年来虽然受到批判，但并没有完全消灭。表面看起来，这种研究多么认真，多么煞有介事，但它的终极影响究竟有什么好处！这一类的"学术"也很像是当年的榔梅，好像里面大有妙用，其实却不过如此！功利主义这种东西，恐怕是什么时候都要讲的。不过有些学术部门显著些，有些部门隐晦些。但隐晦，也不能够隐到连在显微镜下也看不清。学问研究之于生活功利，譬如行星，距离太阳有远有近，表面温度有高有低，但是假如一远远到像冥王星那样，那还能够接受什么太阳的热力呢。学术研究或者文艺创作如果也是这样，还说得上什么真正的价值呢。

我想类似这一类的，我们生活里面的"榔梅"，还是不少的。恐怕还有好些人仍在把这种榔梅当做仙果一样地在吃。

如果我们每个人都能够在生活中少走一些冤枉的道路，少做一些无益的事情,多讲究一些革命的功利主义,我想我们各方面的进步一定还要比现在更快些。因为不花心机去吃没用的杨梅,这件事本身就是我们生活的大补药。

1957 年

背诵的复活

有一次我们同几位民主德国和捷克斯洛伐克的作家在广州便宴,席间大家谈天说地,兴高采烈。捷克斯洛伐克人民几乎全部懂得德文,因此一位德文翻译就尽够给大家传语了。大家谈着风俗、食物、旅行印象,以后就自自然然地谈起了诗。讲到了歌德和海涅,他们高兴极了,一位德国男作家和一位捷克斯洛伐克女作家同时站了起来,说要为我们背诵海涅那些热情的诗篇中的一段,一面讲,一面就背诵起来了。这时马上出现了有趣动人的一幕:我发觉,他们两人背诵音调的疾徐、旋律、节奏、韵味……几乎是完全一样的,这真使人不容易相信!一男一女,一个是德国人,一个是捷克斯洛伐克人,萍水相逢,说起要背诵某一节诗来就能够这样脱口而出,甚至还能够背诵得这样地合拍!当时,我们不禁都热烈地喝彩了。

这事情使我想起:每一个民族,是多么热爱他们熟悉的传统语文啊!人们常常背诵某些名篇,寄托他们对于本国的或他们所熟悉的某种语文的热爱。背诵,是一种教育的手段,也是一种欣赏的方法。

一位来自智利的客人告诉我，在南美，几乎所有的学童都会用西班牙文背诵塞万提斯的《堂吉诃德》的若干章节。其他国家的学童，像我们所熟知的，也各各会用本国语文背诵一些著名的作品。甚至一些没有文字的民族，也用口头传授的方法，世代保存了他们的一些民族叙事诗。这种情形，是十分使人感动的。

讲起背诵，我们大家本来是很熟悉此道的。今天每一个曾稍涉猎国文的中年人，有哪一个不会背诵几篇诗经、楚辞、《三吏》《琵琶行》或者《赤壁赋》《陈情表》一类的文章呢？少年时代背诵的这些东西，长大之后觉得用处可真不小！牢牢地记忆了这些代表作，使人可以玩味那一类作品的共性与特性，而且在闲来随时推敲中有时还可以领会一些艺术创作的神髓。背诵的价值古人是早已常常提到了。不然就不会有"熟读唐诗三百首，不会吟诗也会吟"之类的说法。

但在解放之后，有一段时期，学生们却几乎完全抛弃了背诵。为什么要抛弃呢？据说一方面是学生们有重理轻文的观念；一方面，居然有些人认为背诵是"读死书"，不敢坚持要学生精读某一类作品。结果，"书声琅琅"的风气就有一个时期宣告中断。

近年来，像好些不应该灭绝的事情死而复活一样，背诵也跟着复活了。现在到许多地方去，又都能听到背书的声音了。这种复活自然是件好事。因为把背诵看做是读死书的理由是不值一驳的。毫无了解地背诵课文自然是读死书，然而在深刻理解的基础上进行的背诵却是大大的读活书，理由刚才已经说过了。一个爱国主义者是应该热爱和努力掌握自己祖国的语文的，学生的重理轻文的观念应该彻底纠正。以为语文容易学习，自然科学才不好懂的人，到头来往往学懂了自然科学，却不能用祖国文字写一篇通顺的文章，这种悲剧是很不少的。轻敌是兵家之大忌，不重视学习对象也就是学习者的大忌。试想想：说话本来并不是很困难的事，每个人做娃娃在泥地上打滚的时候就跟着母亲学说话，然而有些人活了好几十年，话却仍然没有说好，一上讲台去就是"这个这个""那么那么"的废话连篇，使自己着急，旁人厌倦。可见语文的学习绝不是简单的事情了。

背诵的复活是值得我们高兴的。这种学习方法的一度濒于死亡，那教训则值得很多的人记取。根据一些片面理由，轻率地根本否定了传统事物的那种思想方法，在人们的脑子里似乎是颇有势力的。请看：国画、中医、书法、古乐……以至许许多多的历史人物，不是都曾经一度大大倒霉，后来才逐渐恢复了应有的地位与价值么？批判不等于全部否定，"扬弃"不等于根本抛弃，然而片面性的思想却往往引导人们走上简单的错误的道路。这种片面性思想的为害之烈，那教训是值得所有的人，以少年时代背诵古文的精神，把它牢牢记住的。

1956年

煮海、移山的神话

　　近年来国内各地发掘出许多古老的美丽的民间神话，有一个可以和著名的《愚公移山》的故事媲美的神话，叫做《张羽煮海》。

　　这故事的大意说：古代有一个叫做张羽的人，在海边山林里做樵夫过活，他夜里时常弹琴，引起东海龙王三公主的爱慕，两个人就恋爱起来了。但东海龙王（中国神话中有四海龙王的说法，但是成为一切神话主角的必定是"东海龙王"而不是其他海的龙王，这很可能是因为华北、华东的作者仅能够从东面看到海的缘故，从这里也可以见到神话本来就是现实生活错综曲折的反映）阻挠这对少男少女的好事，当斗争尖锐起来的时候，三公主便把三样宝贝——一把铁勺、一只银锅、一枚金钱送给张羽，要他到海边去"煮海"，告诉他当他把海水舀进锅里、并把金钱放进去在海边烧起来的时候，就可以使海水逐渐干涸，迫使龙王答应他们的婚事。张羽照着办了！在"煮海"的时候，龙王急得像热锅上的蚂蚁，再三使用威迫利诱的手段，但都不能够动摇张羽的意志；结果，当海水快要被烧干，

"龙宫"都露出来的时候，龙王只好答应他们的亲事了。

这神话和《愚公移山》一样，情节都是光怪陆离的，但意义却很严肃。表现的都是人和自然斗争，人定胜天的道理。

我们如果从这些煮海、移山的神话再想开去，具有人战胜自然，人力征服神力主题的故事可真不少！如牛郎织女七夕鹊桥相会的故事，表现的是伟大的爱情战胜了封建威权的压迫。乡间儿童们流传的《老虎外婆》的故事，表现的是人的智慧制服了野兽的暴力。其他如西南地区流行着的二郎捉太阳的神话，讲太古时有十个太阳被一个叫做二郎的人捉了九个，剩下的一个也乖乖听从了二郎的命令——日升夜沉，不再害苦人们。华北流行着一个《七穗麦》的故事，讲一个不畏困难的少年走进深山大泽，找到了七穗的麦种，使生活幸福起来；这类神话表现的是人民征服自然、改变生活的欲望和魄力。

在这些神话中所出现的人变成了巨人，他们能使大山移动，使大海干涸，可以使天帝的命令无效，可以使凶残的野兽像牛羊一样屈服人前，可以使太阳听话，可以使植物变种。多么可爱的神话！它们正是我们的先人长期和自然搏斗的艺术结晶。在这些神话中，人类显得多么神圣，多么庄严！在我们世代相传的各种古老的民间故事中，无一不染满了阶级斗争和生产斗争的色彩。那些坏作品坏故事，表现的是人投降了反动特权阶级，屈服在自然的威力面前。它们宣扬了封建的道德和宿命的观念。而那些好作品好故事呢，情形恰巧相反。它们表现的是反动统治的崩溃，劳动人民的抗争，宣扬了人民的道德和人定胜天的观念。这一类的神话，可爱的地方就在这里。它们今天被普遍发掘出来，正说明今天不但是人民向反动阶级斗争，而且也是人民向自然斗争的空前剧烈空前伟大的时代。

这一类宣扬了人类征服自然的英雄气概的神话，很多是形成在社会变革激烈进行的时候的，像《愚公移山》形成于春秋时代就是一个最显著的例子。因为在这样的时候，人们清楚地看到旧势力的崩溃，新事物的兴起，很自然地会抛弃传统的观念。怀疑偶像的尊严。奴隶主倒霉了，往往神权也跟着在某个程度内动摇起来。读我们伟大诗人屈原的诗篇，也很容易感染到这种情绪。屈原诗中开展了一个美丽神秘的神仙鬼魅、碧海蓝天的境界，神灵到处充斥，但我们却不感到那些神有什么威严，倒是屈原骑龙使鸟，上天入地，呼叱着一切月神、日神、云神、风神，成了那一切的主宰。咒骂天地的不仁，怀疑古老的传说，却使我们充分感到人力的神奇。

我们现在所处的时代，不仅将发掘许多这类可爱的神话，让人们普遍欣赏。而且，一定还有许多人类征服自然的美丽的神话、童话将被陆续创造出来，因为今天中国大自然面貌的迅速变迁，一定要在人们的艺术生活中获得反映。

苏联人爱他们的《白熊奶奶》《蟒魔王》《宝石花》一类的神话、童话，我们也热爱我们这些故事，它使我们感染到开辟草莱的先人英雄的气概和向往于创造性的劳动。

1951年

谈　鬼

最近上海报纸上有人在讨论古典戏剧里可不可以出现鬼的问题。因为自从解放以来,"鬼"纷纷从舞台上给赶跑了,原来有鬼出现的《王魁负桂英》《游西湖》中的女鬼魂都被戏剧改革改掉了。

我是赞成古典戏剧里应该保存鬼的位置的。

因为欣赏鬼故事,仍然是今后文明人应有的文化素养之一。

知道毛毛虫、鼻涕虫是肮脏的,当然是好事情,但如果能够不光是讨厌它们,还能够在博物馆里、标本室里观察它们,鉴赏它们,也许比单单讨厌要高一级了。

知道砒霜、毒草能够杀人,当然是一种知识,但如果不仅仅知道这些东西能杀人,还知道某一分量的砒霜和毒草,可以治某一类的病,也许又比单单知道它能杀人要高一级了。

知道佛经、圣经这类的宗教经典,是自然和社会科学幼稚时代的产物,里面充满着唯心论和宿命论的思想,自然是一种正确认识。但如果能够不仅仅停留在这种认识上头,还能够从人类思想发展史、从社会观点、从文学欣赏的角度来读一读它们，也许又要高一级了。

对于鬼的问题，我的理解也是一样。

知道"鬼"只是蒙昧时期人类自己制造出来吓唬自己的玩意。知道一千多年前古代的思想家已经尖锐地提出了"岂容形亡而神在"的驳斥，知道一切生命体都只是氢、氧、碳、氮等元素的构成物自然是好的；但如果能够更进一步，坐在剧场里欣赏古代的鬼故事，像看哈哈镜一样，从古怪的形象中看出前人的思想和感情，希望和恐惧，看出社会压迫在人们意识中造成的影响……岂不更好！

一个披头散发，阴魂不散的舞台上的鬼魂，使我们听到多少古代人"与汝偕亡"的惨厉的声音！

如果绝对不允许舞台上出现鬼踪，那么许多古典作品都必须根本修改，现代作家必须和古典作家联名编剧才行了。

我们舞台上是出现过许多仙子的，如果只准许仙子出现而不准许鬼出现，这也不大公平。鬼魅和神仙原都是人类臆想和塑造出来的，按其出现的先后来说，鬼一般还是大哥，神仙只是弟弟。原始部落就有祭鬼的行为了，神仙却是稍后社会阶段的产物。厚待弟弟冷落哥哥是不大应该的。

《聊斋志异》一类的鬼故事，不但我们在欣赏，苏联人也翻译过去欣赏了。如果只准许在书本里欣赏鬼而不准许在剧场里欣赏鬼，又未免厚待了出版社，亏待了剧团了。

随着我们文化生活的一天天丰富，以后我们会越来越多地鉴赏着中外的古典戏剧的。许多外国的古典戏剧，正和我们的古典戏剧一样，常常有鬼角登场，像《浮士德》《哈姆雷特》《青鸟》之类就是。这些外国的古典戏剧，我想我们的作家是不会动笔去窜改它的吧。那么，只准许外国戏剧的鬼角登场，而不准许本国戏剧的鬼角登场,这又未免太优待外国,却太薄待本国的古代戏剧家了。

因此,我想:人民终归会坐在剧场里欣赏古代的有鬼角出现的戏剧。

但如果以为在任何场合都适宜上演有鬼魂出现的戏剧,我想也是不大现实的。对于一个正在闹"神仙水"闹鬼的村落,我想就没有去上演这类戏剧的必要。太坏的戏,那就不论有鬼没鬼,都没有上演的价值。在其他的一些场合,上演这一类戏剧时对某一类的观众加以若干的说明,我想有时也不是浪费的事。

时间、地点和条件,对于许许多多的事情总是要起作用的吧。不管任何的时间、地点和条件,都一定要或者一定不许上演有鬼角登场的戏剧,我想这种绝对化的认识,决不能说是"辩证的"。

1956年

精　练

　　不久以前在各地放映过的《列夫·托尔斯泰手稿》，生动地表现了老托尔斯泰写作的严肃态度。这位卓越的天才作家在创作时付出的劳动是惊人的。《战争与和平》经过了十五次的修改，《复活》的女主人公的形貌，一直写了又改，改了又写，直到第二十次下笔，才算定稿。当影片中出现这个女主人公一再变换的形貌时，我们听到许多观众啧啧的赞叹声，显然许多人都深深地受到感动了。

　　托尔斯泰的事迹使我们想起许许多多艺术大师的事迹。几乎所有被认为"天才"的人，都是用一桶桶的汗水把自己的智慧灌溉培育起来的。从那部影片，我们想起了从五六岁起就每夜坐在钢琴旁边练习弹奏，直到鸡啼才罢的贝多芬；想起一连几年在教堂的架板上画壁画，经月没有把皮靴脱下，到除下靴子时把腿上的皮肉都拉下来的米盖朗琪罗；想起死在写字桌上的左拉；想起死在舞台上的莫里哀……

　　中国艺术史上，关于大师们严肃地对待自己的劳动的事情，同样也是可歌可泣的。像《水浒》《红楼梦》这些不朽的著作，差不多都耗去了作者半生的精力。我们的文学史上流传着这样的轶话：李白有一次在路上碰见杜甫，发觉他瘦了，问起他瘦的原因，杜甫回答说因为那些日子做诗做得太辛苦了。杜甫有这样的精神，他才能"语不惊人死不休"，写下那许多永远闪耀着光辉的诗篇。就是狂放的李白，写作也不是马马虎虎的，他在黄鹤楼头看见崔颢已经题了好诗，自己就再也不敢下笔了。可见写几十个字的东西也并非随随便便的。中国那个关于"推敲"的有名的故事，说贾岛吟成了"鸟宿池边树，僧敲（推）月下门"的句子，不知道是敲字好呢，还是推字好，吟到失魂落魄，碰撞了当时的京都市长韩愈的车乘，韩愈想了一会儿，才告诉他敲字比推字好。这个故事千多年来一直流传下来，"推敲"二字甚至成为我们的民族词汇。这事情绝不是偶然的，它表现了广大人民群众对于这种严肃的艺术创作态度衷心的赞美。"敲"字比"推"字好，也绝不是因为韩愈地位高、声望大，所以说了就没人敢反驳，而是因为月光如水，周围景象沉静优美，一个僧人轻轻在敲门的境界，比较僧人呀的一声推门进去，消失在黑暗中的境界，更加富有形象性，更具有生活的魔力。从这个故事，可见文学创作的严肃态度，是十分必要的。

有人说诗是相当"浪费"的东西，如果不是作者"浪费"时间，就是要读者浪费时间。其实，需要"浪费"作者时间的何止是诗这一门呢！一切的艺术创作都要求精练。人们常说："宁吃鲜桃一口，不吃烂梨一筐"，即使对于珍馐美味吧，人们也不喜欢在里面吃到鸡毛和砂石。需要严肃对待的也不止是艺术创作，一切劳动都需要这样的态度。先进生产者们，有人能够开汽车十万公里不抛锚，有人又能够七八年不出一件废品。

如果他们不是严肃认真地对待每一公里的道路和每一件制品，他们怎能获得这样的成就呢？我们不可能想象：被人认为劳动强度不小的写作可以比一般的劳动马虎些。严肃的写作态度，自然不应该只是表现在字句斟酌上，还应该表现在生活、构思、研究等一系列的创作过程上。但如果一个人连斟酌字句的功夫都做不到，又怎能希望他在创作过程的其他环节上有真正严肃认真的态度呢？

我们当代许多优秀的艺术工作者，都是继承了历史上的优良传统，严肃对待艺术创作的。就在我们的同代人中，有人曾经把稿子改十多道，有人曾经写作到昏迷在桌子上。但可惜还不是所有的人都有这种认真的精神。不少人写作的态度仍是十分马虎，差不多所有杂志的编辑部都有编辑同志在诉苦，说他们收到不少稿件，写得极端潦草马虎，甚至连作者的名字也看不清。可以看出那些作者把稿子写好后，连自己也没有看过第二道。这里说的不是指受写作水平限制，或者在十分特殊的环境下从事写作的作者，而是指那些明明可以写作得更好些而没有那样做，明明不应该有的错误却不断地发生的那些作者。对于这样的人，我想上面提到的艺术大师们的事迹，是应该很有启发意义的。

一个人只有严肃地对待劳动，才能够严肃地对待人民事业。因为每个人，正是以他的劳动，和人民事业联系起来的。

也许有人说："他们是杜甫、是托尔斯泰，我们怎能和他们比呢！"这样的逻辑是颠倒的。合理的提法应该是："他们是杜甫、是托尔斯泰，他们尚且这样，而我们呢，我们平凡的艺术工作者，应该怎样呢？"

1956 年

真挚的声音

忆年十五心尚孩,健如黄犊去复来。
庭前八月梨枣熟,一日上树能千回。

上面这首唐诗是我所十分喜爱的。它生动地刻画了一个像小黄牛一样健壮的少年,蹦来跳去地在树下游戏。看见树上的梨子黄了,枣子红了,就像猴子一般敏捷爬上树去摘来吃,吃完了,眈眈眼睛再想吃,又爬上树去了。

也许有人不知道这个少年,就是后来写出"有客有客字子美,白头乱发垂过耳""此身漂泊苦西东,右臂偏枯耳半聋"等沉痛诗篇的杜甫。他回忆自己在洛阳仁风里度过的童年时代写下的这首诗,具有一种爽朗轻快的调子,和后来那些沉痛诗歌的调子是不同的。

但所有杜甫的诗却给人一个共同的印象:就是真挚得很。

杜甫并不佯言他在十五岁的时候是怎样地老成持重,他老老实实地说自己"健如黄犊去复来","一日上树能千回"。是童年他就写出他童年的模样,正如以后他痛哭的时候就写出"杜陵野老吞声哭"，他刻意求工地写诗时就吟出"语不惊人死不休"的句子一样。

大概每个人都有这样的生活经验：你和一个真挚诚恳的人谈话，会觉得他每一句话都出自肺腑，他不矫揉造作，不装腔作势，因而他使用的是最新鲜最有生命的语言，这些语言深深地吸引了你。但一些毫无真纯可言的世故之徒，他的语言就不是这样了，你在听他讲话的时候，总觉得并不真实，语言也不新鲜，总觉得这里面有点敷衍应景的味道。

读文学作品，我们也会常常有这样的感觉。有一些作品，你在阅读的时候，觉得那个作家就在你的面前，他的思想感情，他的爱憎，甚至他的音容笑貌，你都可以感觉或者想象得出。但是另一些作品就不同了，你总觉得作者并没有倾吐他的最真心的话，他像是在背诵一些什么，或者冷淡地在代人叙述一些什么。不论是古代或者现代的作品，我们阅读时有时都有这种感觉。

唐诗里面一些皇帝写的诗歌大都是很坏的，原因就是他们缺乏深刻的思想和真挚的感情，而皇帝的架子却摆个十足。像用龙袍掩盖他们的身体一样，他们用工整的文字掩盖自己的空虚。

所有伟大作家的作品，和杜甫的诗一样，我们在那里面总可以倾听到正义、热情和真挚的声音，有时他们自己也许不登场，但他们在叙事写人时，我们可以感觉到他们的存在，可以感到他们热情的眼光和诚恳的声音。

在苏联，曾经有人企图用"真诚性"来代替"党性"，引起了严正的批评和指责。这种批评是完全正确的。因为笼统的"真诚性"，并不能说明作者究竟站在怎样的立场和采取怎样的观点。但在党性的前提提出以后，真诚性的问题我以为仍是值得一谈的。这实际上就是和人民同脉搏、共呼吸的程度如何的问题，真挚地讲出自己的心底话，还是世故地讲些陈词套语的问题。

不是有这样一些作品么？它们的内容并没有错误，但你总觉得那个作者态度是冷漠的，感情是不真实的。那里面说："我真是感动得流泪了。"但读者却觉得那作者并没有什么感动。他说："群众的情绪热烈极了。"但你从那种描写里并不曾感染到什么热烈情绪。作者自己并没有真正感动的事物，却硬要读者感动，这未免太说不过去了。

有一些很严肃很有意义的事情，在那一类作者笔下有时也走了样。像人民对于革命领袖的感念，这是到处流露的真实的情感，但在那类公式化的作者笔下，写出来却变成很不自然了。有一些作品，不管时间、地点、条件，动不动描写人们在说："毛主席的恩情说不完。"我看就不真实。当然有不少老乡是运用这种口语来表达自己的情绪的，但却不是经常挂在口头上。而且许多人也不是用这种定式的语言，而是用自己独特的语言，甚至不用语言，而采用一种动作，流露一种眼神来表达。像有的农民，当拿起筷子吃饭时会突然凝视起革命领导者的画像来。有的妇女会独自一个人在房里告诉牙牙学语的婴孩，挂在墙上镜框中的人像是谁。江西老区的农民，在毛主席住过的房子外面种上柏树，朝夕浇水，看到枝叶茂盛就感到无限欢乐。粤汉铁路上的旅客，当车过湘潭境界有人喊着"经过毛主席家乡啦"的时候，就会有许多人不约而同地站了起来，打开车窗遥望美丽的原野，眼睛里闪着兴奋的光彩。而在湘潭韶山冲那里，又正有远道来访的游客在这位巨人童年手植的树木下面，寻觅有没有落叶，想捡一两片夹在书里带回去做纪念……在这些场合里，这些人在涌起热爱人民领袖的感情时，有时甚至是不作一语的。但是在这里面响着的真挚的声音，有时甚至超过了千言万语。

我们希望在文学作品里看到巨大的时代图景，各种人物的典型，感受到伟大的思想和崇高的感情。也希望在作品里听到作家真挚的声音。"不诚无物"，通过个性来表现共性的文学作品，我想尤其是这样。

1956 年

宣扬友爱的民族传说

在海南岛五指山区的时候，我曾经通过翻译，亲自向几位黎族青年询问过当地关于民族起源的传说。

因为这一类的传说里面常常包藏着各族的先民对于世界的认识，原始社会的风貌，以至人们生活的愿望等等。

正在念师范的一位黎族青年告诉我，他所听到的关于黎族起源的民间传说是这样的：在古代一次洪水泛滥之后，世上只留下一对兄妹，他们在到处寻不到其他配偶的情形下结了婚。婚后产下一个大肉球。羞愤的哥哥把它斩成十块，五块抛上高山，五块丢下流水。丢上山的给乌鸦吃了两块，丢下水的流向平原。山上的肉块变成了黎人。因为有一些给乌鸦吃了，所以黎族人少。水里的肉块冲向平原，变成了汉人。因为这些肉块没有受到什么损失，所以汉族比黎族人多。

另一个黎族青年告诉我的却又是另一种传说：据说最初的人类都是一对巨大的老猴子夫妇生下来的。老猴子夫妇因为做工，所以渐渐具备了人形。他们原来生的大批子孙都在一次洪水中死去了。老猴子夫妇坐在大龟壳里漂流，得以避过灾难。

洪水退后，他们又生下了三对儿女：第一对是黎族的祖先，第二对是汉族的祖先，第三对是苗族的祖先。

这种看似离奇怪诞的传说，里面实际上蕴藏着一些很值得注意的东西。

世界各个民族都有各自关于"创世纪"的神话。埃及神话说人类是大神赫鲁木用黏土塑造成的。希伯来神话说上帝用泥土造成了男人亚当，又抽亚当的肋骨造成了女人夏娃。希腊神话说大神宙斯用黏土塑成了人。中国汉族的神话说盘古用斧凿开辟了天地……这些著名的传说，如果剥去了神话的外衣，我们是很可以看到一些东西的。这就是：制陶技术的发明对古代人类生活影响的深广、人们对于劳动的赞美、氏族社会崩溃后男性中心思想在神话中的反映等等。

同样地，黎族人民关于民族起源的传说，如果剥去了那神话的外衣，我们也可以看到：除了这里面有古代人们对洪水时代的恐怖的回忆（全世界各民族关于创世纪的传说几乎都谈到了洪水，这些传说正和一些饱历沧桑的石头同样记录了真实的历史）、对于劳动创造了文化这一真理的隐约的感觉、对于生活艰苦的咏叹等等之外，还有宣扬民族友爱的朴素的声音。瞧，在黎族人民关于创世纪的传说中，不是都提到了所有的民族都是弟兄的这一回事么？

同关于洪水的传说那样地普遍，国内各个少数民族的神话传说中，讲到各个民族是弟兄的，数量很是不少。如彝族，他们就有不少这一类的故事。

彝族中的一支，阿细人的神话史诗中，也提到一对经过洪水泛滥劫后仅存的兄妹，结婚繁衍了人类的故事。在阿细人的故事中，讲的是妹妹结婚后生下了一个大南瓜，里面发出了人声,后来哥哥用斧头把它剖开,里面跳出了许多的人,有汉人、有苗人、有彝人……汉人向平原走去,苗人向草原走去,彝人向山岭走去。这就成为他们以后各自居住的地方。

云南彝族的传说竟和海南岛黎族的传说这样地相像,这真是意味深长、值得民族学者深入钻研的一回有趣的事!这些天南地北,遥远相隔的民族有着这样如出一辙的民族传说,真不禁使人想起也许在遥远的年代中,他们原曾发生过极密切的关系,此后有一个支系漂洋渡海了,这才使他们分道扬镳,越离开越远了。这类的事情我们外行人是没法弄明白的。我想讲的只是,在这些神话中,有一个声音是多么嘹亮啊,它通过那些奇特的情节,不断地在呼唤:"民族和民族之间应该是弟兄!应该相爱!"

通过长期间的民族压迫的历史,这些藏着一个庄严的正义声音的民族故事居然能世代流传下来,可以想见:就在那些惨淡的岁月里,也有无数民族弟兄怀着他们的善良的愿望,奏着芦笙、吹着洞箫,在回忆祖先传说中寄托他们的感慨和理想:"我们应该像兄弟一样啊!"先民们的声音就这样世世代代响在许多人们心头,就像奥林匹克大会中的火炬传递一样,一代代的人们把这火炬从暴风雨中传递下来了!

这是一个庄严的正义的声音!这比较那些在世界许多地方曾经出现过的,表现民族偏见的谬说,如说什么什么民族最优秀,什么什么民族是下等民族之类的观念,不知要伟大崇高多少万倍了。固执着民族优越偏见的人们,也许过着文明人的物质生活,然而在民族关系上的思想感情,却和"猎头部落"的野蛮人没有什么分别。宣扬民族友爱的人们,也许过着朴素简陋的生活,然而他们在民族关系上的思想感情,却和共产主义时代的人类息息相通。这民族友爱的火炬，曾经为一切民族的有智慧的祖先所燃点，它们一代代被传递下来，经历过晦冥风雨，有时几乎熄灭，然而它终于传下来了，并在新时代中燃起了长明的美丽的篝火。

人类比较普遍明白生物进化的道理的历史还不过一百年左右，各个民族有一些关于创世纪的离奇传说是很自然的事。从这些离奇传说中，我们仍不禁想起了国内各个民族的那些智慧和正义的先人。想起他们仁爱的眼睛，温和的声音，他们心头的烈火和美好的思想。想起这些人，想起马克思主义的民族关系的原则，我们就会更坚决地去唾弃那可鄙的大汉族主义，或者踢开那可怜的狭隘的民族主义！

1957 年

后 记

这个集子里的几十篇小品文,是从我在解放后写的短文里面选出来的。

这些文章虽然都很短,而且内容很杂,然而不论是偏于说理的杂文也好,倾向抒情的散文也好,是严肃的辩论也好,是茶余的闲谈也好,它们各各记录了我深有所感的一些事物。从这些小文里面我刻画了生活的鳞爪,也倾诉了自己的心声。

题目叫做《贝壳》,是没有多少道理可讲的。因为一本书总得有一个题目,而这类小文章辑成的集子,要安个题目有时真比写篇文章还难。总不能简单地都叫做《散文××篇》。要从文章里面找一个题目来做书名,有时又觉得未能尽意。现在采用这样一个书名,是因为我想起:解放后,在真理的阳光的照耀下,自己经过学习,稍稍能够看清一些事物。就正像是一个小孩在丽日中天的海滩上,能够比较多地看到沙里的贝壳一样。每一个在海滩生活过的人,总会感到生活真像是海洋,它是无边无际的,波涛澎湃的,浪花不断地激溅着。而贝壳呢,就是这海洋里许多种生命的记录。贝壳有美丽的,也有丑陋的，它们留下了许多的生命的痕迹。一个人在自己的思想的海滩上漫步，有过各种各样的感触，发而为一篇篇的小文，也正像俯身拾起一个个思想的贝壳一样。贝壳之于海滩，海滩之于海洋，都是很渺小的。然而它们却完全是海洋的产物。

一切比喻都难免有蹩脚的地方。我用上这样一个题目，主要不过说明自己写下这些小文，正像一个孩子在生活的海滩上拾起几枚贝壳而已，这决不意味着，生活像是海滩那样地平静，写文章像是海滩拾贝壳那样地闲适，文章就像是贝壳那样的玩赏品，假如扯到这上头去，那就糟了。

我很热爱看小文章和写小文章，因为一滴水里面，往往也有它复杂的境界。而且这一滴水总是来自海洋的。解放以来我写得不多，集子里这些文章，主要是在 1956 年，就是党大力贯彻"百花齐放，百家争鸣"方针的时期里写成的。我以后还希望能够写得更多些。小品文这种文学样式，在人们积极从事劳动创造的忙碌的生活里面，它一定还要不断地发扬光大。祖国的文艺园地应该像是大花圃，这里面除了牡丹、桃、李，还应该有牵牛、凤仙，我希望自己能够年年不断种出一两株牵牛、凤仙来，那就好了。

1957 年 8 月，广州